格兰特船长的儿女

[法] 儒勒 · 凡尔纳◎著　金帆◎编译

海峡出版发行集团
THE STRAITS PUBLISHING & DISTRIBUTING GROUP
福建教育出版社

图书在版编目（CIP）数据

格兰特船长的儿女/（法）儒勒·凡尔纳著；金帆编译．—福州：福建教育出版社，2018.3（2020.11重印）
（何捷主编）
ISBN 978-7-5334-8066-0

Ⅰ．①格…　Ⅱ．①儒…　②金…　Ⅲ．①科学幻想小说—法国—近代　Ⅳ．①I565.44

中国版本图书馆CIP数据核字（2018）第039251号

主编　何捷

Gelante Chuanzhang de Ernü

格兰特船长的儿女

［法］儒勒·凡尔纳　著　　金帆　编译

出版发行　福建教育出版社
（福州市梦山路27号　邮编：350025　网址：www.fep.com.cn
编辑部电话：0591-83726003
发行部电话：0591-83721876　87115073　010-62027445）
出 版 人　江金辉
印　　刷　北京一鑫印务有限责任公司
（北京市顺义区北务镇政府西200米 邮编：101300）
开　　本　960毫米×1280毫米　1/32
印　　张　8.25
字　　数　162千字
版　　次　2018年3月第1版　2020年11月第3次印刷
书　　号　ISBN 978-7-5334-8066-0
定　　价　33.00元

如发现本书印装质量问题，请向本社出版科（电话：0591-83726019）调换。

总 序 | *FOREWORD*

人生那么短，有时间就读经典

每个人成年后，都有一个难以回避的遗憾——童年的时光那样珍贵，而我们却常常无端浪费。

在我看来，童年，就是阅读的大好时光。有一句心里话，与大家分享："儿时正是读书时。"你不得不承认，小时候拥有最自由的阅读时间。虽然说那些让人讨厌的作业整天形影不离缠着你，虽然说学习看起来还真的不是那样简单，但和未来要承担繁重工作的你相比，儿时的你，的确有大把大把的时间可以自由支配。儿时，还是最有精力的时候，只有等到你长大，或者像我一样到了中年，你才会知道什么叫做"牵绊"，什么叫做"分散"，什么叫做"心有余而力不足"。而等你感受到的时候，就是遗憾降临的时候。至今清楚地记得，相对于如今的我而言，小的时候我也曾精力充沛，而不能原谅的是，却看着时间大把大把地从我的生命中流逝。

最重要的是，儿时是最能琢磨出读书趣味的时候。因为小，所以你的无知也显得可爱，所以什么都值得你读一读。儿时的好学就是特质，似乎什么都值得你了解，什么对于你来说都是新鲜的。世界上的一切都在召唤你去探索，去改变。无疑，阅读是最佳的方式。阅读，最经济，最简单，最直接，最有效；不知道的，感兴趣的，都可以通过阅读来获取。

这样看来，读书是不二的选择，这点毋庸置疑了。只是要知道：小的时候读了多少？读了什么？怎么读？这些几乎决定了你未来怎么成长，长得好不好，长成什么样。接下来我们就说说“为什么要读经典”。

很多人对我的童年读书经历很感兴趣。他们从我的课堂上，从我出版的教学专著中，做了很多猜测：课上成这样，书出版得这么多，小的时候，他一定读过不少书吧。不然，怎么这样能写，如此能说？大家猜对了，我小的时候，书的确读得多。不过我读的更多的是大家瞧不上的“小人书”，一共好几个抽屉呢。请不要笑话哦，在我童年的那个年代，能够读几个抽屉小人书，一定是“家境优越”“家风正派”的。我的爸爸是党报的编辑，他非常重视我和姐姐的阅读，因此，他花了很多钱，为我们购买了这些小人书。这在当时，算得上是一种奢侈品。所以，我的童年过得是有滋有味的。记不清具体是哪一年，依稀是四年级吧，有一天妈妈下班回来，带给我几页金庸先生写的《射雕英雄传》的残页。所谓“残页”，就是工厂印刷失败后留下的废纸啦。妈妈在新华印刷厂工作，她为我捡回这些残页，并没有太多想法，只是丢给我，让我随便看看。没想到这一看，我就像着了魔似的，开始如饥似渴地读起金庸的武侠小说来，一本接着一本，根本停不下来，真正是到了可以不吃饭、不睡觉也要看的地步。读了如此有意思的书后，那些小人书就排不上队了。瞧，好的作品有曲折动人的情节，有活生生的有血有肉的人物，有精致诱人的细节，有让人沉醉其间的魅力。后来，小学时的每一个中午，我都是捧着厚厚的金庸小说睡着的。再后来，我还把自己的网名起为“语文老顽童”，你一定明白，这是深深地受到了经典武侠小说的影响。

阅读经典，就像用针在你的灵魂里纹绣美图。

中学时，书读得少了。到了师范学校，我全心全意地修炼教师基本功，读得也不够。做了老师，阅读的缺损就来惩罚我了。课设计得很单薄，言论没有内涵，很浅薄，一切都显得轻飘飘的。这个时候，依然是妈妈告诉我：别慌，可以用读书去改变。于是，在妈妈的鼓励下，我又一次开始阅读。真的有惊喜啊，小时候所有的阅读体验都在重新阅读时顺利复活了。阅读，其实就是一种记忆的唤醒，就是一种微火的吹燃。儿童时代所有的阅读，都构成了我们的阅读历史，构成了我们的生命，都成为我们不断成长的动力。儿时阅读，是至关重要的。

我还欣喜地发现：当老师爱上阅读，学生自然爱上阅读。

教师引导儿童阅读，绝非难事，但不要过于强调，大张旗鼓。一个老师爱读书，所带的班级学生自然也爱读书。所以，起初我主张自由阅读，并不做具体的推荐。孩子读得很随意，他们喜欢那些像“饮料”一样，乍一看很刺激的书。虽然读了，但读得不对，进步自然很慢，甚至言行还出现偏差。读什么书，对人的影响是巨大的。后来，我让他们更多关注经典这一类犹如“粮食”一样的书，情况一下得到了好转。什么是像“粮食”一样的经典呢？首先，这些书并不哗众取宠地讨好你，相反，也许你初读时并不感觉“好在哪里”，甚至还有些“读不懂”，或者是读了，有感觉了，但一切都是恬淡的、舒适的、自然的，只是的确有一种说不清楚的诱惑力，让你舍不得放下。之后，你再读，可能就会品出其中的滋味了。这种感觉让人难忘，简直说是无法磨灭。再后来，你也许会不断主动重复阅读，因为你的身体、心灵都在要求你再读一读，你已经和这些经典的书融合在一起了。经典，已经化为你的血液了。这如同粮食对人的给养，让你慢慢成长。在此之后的一生中，无论遇到什么样的情况，经逢各种各样的事，你的脑海中都会冒出一个形象，一个桥段，一个细节，它们都存活在经典中，都在冥冥中给你力量，给你帮助。这就是经典带来的力量。于是，你做出了一个很有意思的决定——把这本书推荐给身边最亲爱的人。

明白了吧,这就是我今天为什么向你推荐这套经典读物的原因了。我也是被经典打动、滋养的。我怎么能独享？当然要和你一起欣赏。

这套近百部的经典，已经不需要再次罗列书名了。对你来说，它们简直就像老朋友，真有一种“低头不见抬头见”的亲切感。但我相信，这一次你阅读它们，阅读这一套丛书，会有很多新的收获。我接下来和大家说说“如何读才好”。

经典，已经摆在我们面前，该怎么去读呢？答案很简单，三个字——慢慢读。

经典是最值得你花时间去品味，去琢磨，甚至多读几遍的。我敢保证，每一次阅读你都会有不同的发现。我希望，你可以不断进步，让阅读的层次不断提升，越读越会读。比如说，有的人读经典，只喜欢其中叙述的故事。的确，故事很精彩，但光是停留在故事，停留在内容，就等于你开采到了一块宝石，但是你却抚摸包裹在外的石衣，还没有看到真正璀璨的光芒。只读故事，损失了经典十分之九的色彩。有的孩子已经知道读经典是需要手到、眼到、口到、心到的，可以做些笔记、摘抄，做一些批注，还可以写一些随想、感受，等等。长期这样阅读经典，等于同时养成一个习惯，让自己的读写能力完成日积月累的增长。一段时间以后，你的语言也发生了变化，你的文章越发的漂亮，你看问题的角度也变得与众不同，这就叫“腹有诗书气自华”。记住，好习惯是需要日积月累的，坚持就是你永远应该保持的姿态。

必须说明，还有一种小孩非常特别。他们读书时善于思考。每次接触经典，他们都会去思考：到底这样的经典是怎么写成的呢？为什么这些故事会流传到今天呢？为什么至今还有那么多人喜欢呢？

带着探索的心，一边想，一边读，你将层层剥笋，如获至宝。每读一次都将增长读与写的功力，变得能读善写。比如说读了《水浒传》，你会发现每个好汉都有他的绰号，而绰号和好汉的特点是相关的，你开始琢磨作者是怎么去构思并写出这么多各具特色的人物呢，哪些细节让我们留下对人物深刻的印象呢。再比如说你发现《西游记》中有一个故事叫“三打白骨精”，《三国演义》中有个故事叫“三顾茅庐”，还有“三气周瑜”，《水浒传》中有“三打祝家庄”的故事。为什么都是“三”呢？是巧合吗？难道真是发生了三次吗？读得多了，你会发现这也许就是一种创作的手法吧。再往下读，你又会看到许许多多的作品中居然都有这个神秘的“三”的存在，慢慢地你就会用“三”的结构来写自己的故事。看，你不就又成长了吗？

阅读了这套书，接触过近百部经典之后，你会非常欢喜，因为收获满满，实实在在。这时候，我希望你把这些经典推荐给自己的小伙伴，或者，直接跟同伴讲这些经典故事吧。经典本身就需要被口耳相传，经典本身就可以通过一次又一次的接力传承下去。你甚至会发现，身边处处都是这些经典的影子。例如，有的经典被拍成电影，有的经典化为一个个细小的话题，有的值得进行专项的研究性学习、主题研究，等等。读经典，让整个人都变了。读经典的妙用就在于“陶冶性灵，变化气质”。

童年正在流逝，还等什么？赶紧读经典吧！

2017年10月

目 录 | *CONTENTS*

《格兰特船长的儿女》导读方案

一、通过名著作品了解丰富的社会生活

文学名著往往反映了广阔的历史画面，展现了丰富的社会生活。阅读名著作品，要注意把握作品的主要内容，了解作品反映的社会生活。

1. 了解作品中所展现的社会生活画面

文学作品往往通过设置重要的情景以及典型事例来反映社会问题，揭示出相关的社会现象。阅读名著，要注意把握作品的主要内容，了解作品反映的丰富的社会内容。

19世纪南半球各地自然风光与社会生活的风俗画 ➤

《格兰特船长的儿女》以对漂流瓶中的三封信件内容的解读为线索，引领读者跟随寻访格兰特船长队伍的足迹，从格拉斯哥港出发，沿南纬37°线穿过南美洲、澳大利亚和新西兰，环绕了地球一周。队员们登高山、爬冰川、过沼泽，遇到过地震、洪水和野兽，见识了印第安人、澳洲土著和新西兰土人。书中描述了沿途的自然风光及风土人情，为读者勾画了一幅幅充满异域情调的风俗画。

2. 体会作者在作品中所表达的思想和情感

文学作品在反映社会生活的同时也饱含了作者的思想和情感，体现出作者对社会生活的评价和态度。阅读名著时要注意把握作品的中心思想。

歌颂了崇高的人道主义精神

➜

以格利纳帆爵士和海伦夫人为代表的寻访、拯救格兰特船长小队，不求名，不为利，团结一心，环绕地球航行一周，克服了常人难以想象的艰难困苦，经受了身体、生命的重大考验，只是为了挽救一个和自己素不相识的人。作品歌颂了他们身上崇高的人道主义精神，对他们身上表现出来的正义、善良的秉性进行了赞美。

赞美了勇敢无畏的正义精神

➜

在寻访小队为拯救格兰特船长的漫长航海旅行中，无论遇到怎样的艰难困苦和危险，他们都没有一丝一毫的胆怯与退缩，甚至准备用生命来完成这正义的使命。他们的身上，体现了勇敢无畏的正义精神。

二、把握人物形象的塑造

人物形象的塑造是评价文学作品的一个重要标准，学会分析、品评人物形象是阅读能力的体现。阅读名著作品，要抓住人物形象进行解读，深入分析人物的性格特点，从而加深对作品主要内容和中心思想的理解。

1. 人物形象的主要性格

塑造人物形象成功与否的一个关键就是看人物是否具有鲜明的性格特点。一个能给读者留下深刻印象的形象必定具有某些不可替代性，具有其他人物所没有的个性特征。

巴加内尔：粗心大意，幽默诙谐，乐观向上

➽

作为一个地理学家，作家在塑造这一人物时，不仅赋予了他博学多才的职业特点，在他的性格上更是赋予他对生活积极乐观的态度。无论旅途多么艰难，无论面临多大危险，甚至在面临生命的考验时，他都不失时机地幽默一把。漫长的寻访旅途中，巴加内尔成为队伍中的一颗开心果。由于他的粗心大意而闹出的笑话，更令人忍俊不禁。

2. 人物性格的复杂性

文学作品总是要反映生活的复杂性，人物的刻画也是如此。一个成功的人物形象不仅具有鲜明的性格特点，还要体现人性的复杂性与矛盾性。

巴加内尔：善良、有正义感，勇敢、智慧、执著

➽

巴加内尔是因为误打误撞而加入到寻访队伍中去的。虽然在大多数情况下巴加内尔表现得像个孩子，但他性格深处的善良、正义，又让他在寻访途中面对各种困难、问题时，都丝毫不敢懈怠，并且每在关键时刻都能想出绝妙的计策，给大家指出未来发展的方向，脑袋里充满了智慧的灵光。

巴加内尔：善于从他人和自己的挫折中吸取经验教训

➤

寻访、拯救格兰特船长的过程屡屡受挫，让巴加内尔深感内疚，他不能原谅由于自己对三封信件的错误解读而让大家遭受粗心与莽撞带来的痛苦。所以，当他再次发现了格兰特船长可能的失事地点——新西兰时，他变得不再张扬，而是选择了敲边鼓的迂回策略，把行动的真正意图隐藏起来，直到格兰特船长被成功解救，他的所作所为才真相大白。

三、品味文学作品的语言

语言的成功运用是文学作品成熟的标志之一。对文学作品语言的把握和理解是阅读能力的一种重要体现。把握名著作品的语言可以感受作者个性化的语言特色，可以体会作者复杂的情感和独到的感受。

精彩的个性化语言

➤

小说的叙述语言清新流畅，生动自然。运用了大量的文学描写手法与语法修辞，展现在读者面前的画面既色彩斑斓，又极富动态，十分优美。人物语言方面，说话人的性格特征使其语言也呈现出不同的风貌，比如爵士的全局意识与慈爱情怀；巴加内尔的幽默风趣并充满孩子气；少校的冷峻机警与一针见血等，都很有特色。

四、体会其他艺术特色

情节叙述的技巧、情景交融的运用、结构的安排等都可以增添文学作品的亮点，甚至可以起到点石成金的作用。所以在把握文学作品语言之外还要注意体会其他的一些艺术特色。

情节发展一波三折，紧张刺激，浪漫主义色彩浓烈

➜

寻访之旅充满了惊险、刺激的事件：从地震到风暴，从洪水到火山爆发，从丛林枪战到逃出土人村寨，故事一个接着一个，一波未平，一波又起，节奏非常紧密。这些事件在现实生活中几乎不可能遇上，但却被作者以三封信的缘故让寻访队伍全部遇上了，并且每个故事都是那么惊心动魄，都是那么令人荡气回肠，充分显示了作者浪漫主义的情怀。

本书在《格兰特船长的儿女》原著基础上加以改编，以更适合青少年阅读。

阅读与写作能力提升要点

阅读能力提升要点	理解词语的深层含义
	体会关键语句的作用
	准确把握文章的内容
	深刻体会作者的思想情感
	感受作品的艺术特色
	对人物形象做出自己的评价
写作能力提升要点	扩大知识面，积累写作素材
	拓展思维，巧妙构思、立意
	勇于创新，充分发挥想象力
	巧用修辞，使语言生动形象
	准确描述，灵活运用表达方式
	感情真挚，真实表达思想情感

第一章　漂流瓶

1864年7月26日，东北风呼啸。

一艘豪华大船在北爱尔兰与苏格兰之间的北海海面上快速航行。这艘游船名叫邓肯号，船主是爱德华·格利纳帆爵士。他是英国贵族院苏格兰十二位元老中的一位，而且还是享誉英伦三岛的大英皇家泰晤士河游轮协会最有名的会员。此时，格利纳帆爵士和他的年轻妻子海伦，还有表兄麦克那布斯少校都在船上。邓肯号是一艘刚刚离开船厂的新船，它将要驶到克莱德湾外几海里的地方进行处女航。

下午，当船驶近阿兰岛附近的海面时，瞭望台上的水手报告说，有一条大鱼正尾随在船后。船员们按照约翰·门格尔船长的命令，把一条粗粗的绳子从船上抛入水中，绳头上系着一只大铁钩，钩子上串着一大块儿腊肉。大鱼闻到腊肉那诱人的香味后，如离弦之箭冲上来。大家看清楚了，是一条双髻鲨。双髻鲨一下子冲到钩子边，嘴巴一张，连钩子带腊肉一块儿吞到肚子里去了。

船员们赶紧转动船上的辘轳，把那庞然大物吊了上来。撕心裂肺的疼痛让大鲨鱼奋力地挣扎，左右摇摆。船员们又迅疾地拿来一条粗绳，套住了它的尾部，这才使大鲨鱼动弹不得。

鲨鱼很快被吊上船来，一个船员手拿一把利斧，小心翼翼地靠近那鲨鱼，猛地一斧头下去，砍断了鲨鱼的尾巴。

此时有人提议，将鲨鱼开膛破肚。因为鲨鱼什么都吃，说不定肚子里有一些好东西，譬如藏宝图什么的，或许吃完鲨鱼肉的同时还能揣两根金条回去也未为可知啊！

水手们就要动手了，女士们选择了回避。之后，可怜的鲨鱼就被斧头劈开了，它的肚子空空如也，这让大家有些失望。不过，有一个眼尖的水手发现，在鲨鱼肚脐的位置，有一个不一般的东西。

大副汤姆·奥斯丁看了看，说：“是只瓶子。”

爵士叫了起来：“鲨鱼肚里有只瓶子吗？”

爵士很好奇，忽然想起，海里的瓶子通常都装着重要信件，海上的人都称之为“漂流瓶”。于是，他让大副奥斯丁把瓶子取出来仔细看看。

以爵士的好奇与众人的失望作对照，反映出不同人对同一件物品的态度，凸显人物的身份与修养。【对比修辞】

“就是这个！”大副回答，指着从鲨鱼腹部取出的粗糙的东西。这是一只瓶颈细长的瓶子，瓶口玻璃很厚，上面还缠着铁丝，铁丝已经生了锈。

奥斯丁把这个奇特的瓶子送到大厅里，放在桌子上。爵士、少校、船长都围着桌子坐下，海伦夫人也走了过来。格利纳帆爵士刮去护着瓶口的那层坚硬的物质，不一会儿，瓶塞露出来了，但已被海水侵蚀得很厉害了。

“真可惜，”爵士说，“即使瓶子里藏着信函，字迹也难辨了。”

他小心地拔出瓶塞，一股海腥味立刻在艉楼里弥漫开来。

“里面是什么东西？”海伦夫人迫不及待地问道。

“是信件！”爵士说道，“可是，纸受了潮，粘在瓶塞上了，没法儿取出来。”

“信件！信件！”海伦夫人惊呼道。

“阁下只需将瓶颈敲掉，里面的东西就可以完完整整地取出来了。”约翰·门格尔船长提议道。

“可我希望它能够完好无损。”爵士不同意。

“不打破瓶子当然最好了。”海伦夫人说，“但里面的东西比瓶子更重要，只能牺牲瓶子了。”

反映出海伦夫人在面对问题时善于抓住实质，具有比较高的眼光。【语言描写】

“就这么做吧，亲爱的！”夫人叫道。

其实，也只能用这个办法了，尽管爵士内心很不舍得。瓶颈被敲断之后，爵士小心翼翼地取出纸，一层层揭开，摊在桌上。

这几张纸由于海水的浸泡，成行的字都没有了，只剩下一些不成句子、模糊不清的字。爵士仔仔细细地看了好几分钟，然后，他抬起头来向着周围的人们说道：

“这里可能是三封信，也可能是一封信，不过可以肯定的是，它们是用三种文字写成的：一份是英文，一份德文，另外一份是法文。”

“写了些什么呢？这些字也许可以互为补充吧。”少校说。

“说得对，我们来分析一下。”爵士说，“不过，要一步一步地来，先看英文的。”

最后，经过仔细辨认和论证，他们终于从三种文字中理出来一条线索：

1862年6月7日，隶属格拉斯哥港的三桅船不列颠尼亚号，沉没于巴塔戈尼亚一带海岸附近的南半球海域，两名水手和船长格兰特登上大陆后，被印第安人俘获。特抛下此信件于经……纬37° 11′ 处，请求救援，否则必死于此！

看完后，大家神情凝重，感觉情况非常紧急。

这时，一个水手来报告说：“我们已进入克莱德湾，请船长发布命令。”

“爵士，您打算怎么做？”门格尔转过脸问爵士。

“让海伦夫人回玛考姆府，然后我到伦敦去把这封信件送给海军部。”

船长就照这意思下了命令，那水手把命令向大副传达去了。

“好！好！我亲爱的！”海伦夫人很赞成，“如果那些不幸的人能够重新回到祖国，那都多亏了你呀！”

“他们一定能够重新回到祖国。这封信上说得清清楚楚，而且英国政府绝不会将自己的三个孩子丢弃在那荒凉偏僻的地方不顾。它曾经营救过许多遇险的船员，它今天也肯定会去营救不列颠尼亚号的遇难船员的！”

为后文爵士在政府部门得不到帮助设伏，更为爵士一行人万里寻访同胞蕴蓄感情。【铺垫】

船刚靠岸，一辆马车套好了马在等候着海伦夫人，准备把她和麦克那布斯少校一起送回玛考姆府。爵士和他的年轻夫人拥抱告别之后，就跳上了去格拉斯哥的快车。

他动身前，先利用一个更迅速的通讯工具发出一则重要启事。几分钟后，电报就把这则启事送到了《泰晤士报》和《每晨纪事报》。启事内容如下：

欲知格拉斯哥港三桅船不列颠尼亚号及其船长格兰特的消息者，请询问格利纳帆爵士。地址：苏格兰凡巴顿郡吕斯村玛考姆府。

玛考姆府是爵士与海伦夫人的府邸。

爵士今年三十二岁。他身材魁梧，表情严肃，但目光却极为温和。他慈悲为怀，仁爱至极，为人豪爽仗义，在他的身上有着一种古代骑士的遗风。海伦小姐是著名的旅行家威廉·塔夫内尔的女儿，威廉是因研究地理并热衷于勘察而牺牲的众多学者中的一位。

刻画出一位既有英俊潇洒的外表，又有着仁厚长者情怀的年轻绅士形象。【外貌描写】

此时，海伦夫人在家焦急地等待着爵士去海军部的消息。很快，爵士来信说，建议受到阻碍，事情不如想象中的那么顺利。

一天晚上，她正一个人闷闷地坐在房间里时，忽然总管哈伯尔进来告诉她：有一个少女和一个男孩，要和爵士说话，问她愿不愿意去接见。

“请他们进来吧。”夫人说。

一会儿，那少女和小男孩被引到海伦夫人的房里来了。从他们的面孔一看就知道他们是姐弟俩。

“朴素”表现了姐弟俩目前的生活境况；“疲惫”“红肿”表现姐姐对父亲的情感；“沉着”“坚毅”“果敢”表现了姐弟二人的性格。【外貌描写】

姐姐看起来十五六岁，装束朴素整洁，漂亮的面孔显得有些疲惫，眼睛似乎刚刚哭过，有些红肿，但表情却是既沉着，又勇敢。弟弟大概十二岁的样子，年龄虽小，却是一脸的坚毅果敢，像是姐姐的保镖。

“您就是格利纳帆爵士的夫人吗？我是玛丽·格兰特小姐。夫人，这是我的弟弟——罗伯特。我们看了报纸上登载的启事，特地为了这件事而来。格兰特船长是我们的父亲。”

玛丽说话的时候，语音怯怯的，但她的两只手却还是把弟弟搂在身边，好让年幼的弟弟在陌生的环境里不会显得那么局促不安。两个小孩彼此支撑的情形让海伦夫人心里顿生怜悯。

用“看着”“思量”两个动词，表现出海伦夫人的心思缜密。【用词准确】

看着姐弟俩说话的时候眼泪在眼眶里打转，海伦夫人思量了一下她下一步要对姐弟俩谈话的内容。

海伦夫人将打捞到漂流瓶的经过告诉给了他们，为了不让姐弟俩对父亲的处境担忧，她只字不提格兰特船长可能被印第安人俘虏的事实以及爵士请求援助一事的最新进展情况。她只是安慰他们，爵士已经去跟海军部交涉了，希望说服海军部派船去找他们的父亲。两个孩子非常高兴。

在格兰特小姐与弟弟在玛考姆府里等候爵士回来的时间里，格兰特小姐跟海伦夫人讲了很多自己家的事情。其中有关于父亲的，也有关于姐弟俩的，还有父亲与姐弟俩共有的故事。

格兰特船长的全名是哈里·格兰特，玛丽和罗伯特是他的一双儿女。妻子在生下儿子罗伯特后去世，是他一手将两个孩子拉扯大的。每次当他要远航时，都会将孩子们托付给他年迈的堂姐照顾。格兰特既善于航海，又懂得经商，是个难得的人才。开始时，他只是个大副，后来升任为船长。在多次的远航中，他业绩突出，积累了颇为丰厚的家产。他和格利纳帆爵士以及苏格兰中部的一些贵族一样，对于英格兰人的入侵怀着极大的愤慨和不满。因此，他希望能够凭借自己的力量，在澳洲找到一片沃土，成为苏格兰的移民区，使苏格兰人过上幸福的生活。

他的想法遭到了政府的反对和干涉，但是，格兰特船长并不气馁。他拿出自己全部的家产用于造船，并且组建了一支优秀的水手队伍，毅然前往太平洋探险。可是，谁也没有想到，船长从两年前一去便一直下落不明；而他的堂姐也去世了，留下两个孩子相依为命。玛丽为了养活弟弟和自己，在外头日夜打工，当偶然看见《泰晤士报》上那则启事后，姐弟俩坐火车连夜赶到这里，探听父亲的消息。

三个人就这样你一言，我一语，你一问，我一答地谈着，夜在不知不觉中已经很深了，海伦的脸上流下了感动和同情的泪水。

海伦夫人担心两个孩子太过疲乏，于是给他们安排了客房，让两个人睡觉去了。

第二天一大早，玛丽·格兰特和她的弟弟就起来了。九点左右，爵士终于坐着马车回来了。他脸色阴沉，让人一看就知道他带回来的消息不怎么乐观。在屋子的外面，他与迎出来的海伦夫人简单地拥抱了一下，一言不发，径直走进了大厅。

“没办成？”少校先开口了。

爵士摇了摇头，叹息说：“没有。”

继而他又表现出一脸的愤怒。

“哼，那帮人简直没有心肝！”爵士说，“他们不肯给我派一条船！他们竟然说，不能为了几个并不是确切存在的人白白浪费几百万块钱！他们硬说那几封信语义含混，不明不白，还说什么那几个不幸的人都已经有两年杳无音讯了，没什么希望再找到他们了。还说什么，他们既然已经落到了印第安人手里，肯定被带到内陆深处了，怎么能为了三个人——三个苏格兰人——搜寻整个巴塔戈尼亚呀！这么做，说不定牺牲的人要比获救的人还要多！可怜的格兰特看来是没有希望了！”

> “简直”“竟然”“硬说”“还说什么”把爵士说话时的气愤表情和盘托出，呼之欲出。【语言描写】

两个孩子听到后，立刻就呜呜地哭了起来。看到爵士一脸的诧异，海伦夫人马上为丈夫说明了孩子的身份。

玛丽·格兰特小姐叫嚷着要去找女王讲理，爵士一脸无奈地摇摇头。海伦夫人眼看着两个孩子就要去过绝望的生活，忍不住眼眶就红了。突然，她的脑海中闪现出一个大胆而慷慨的念头。

“玛丽·格兰特，等一等，我的孩子，现在听我说。”海伦的话让准备出门的姐弟俩停了下来。

海伦夫人眼泪汪汪但又脸色兴奋地走向她的丈夫：

> “眼泪汪汪”“脸色兴奋”形象地写出海伦夫人作出了重大的决定及这个决定给她带来的自豪。【外貌描写】

“亲爱的，我们捡到格兰特船长的信，我想是上帝授意我们去搭救那几个落难的人呀！”

“您到底想说什么呀，海伦？”爵士问她道。

“我的意思是，”海伦夫人继续说道，“新婚夫妇如果做善事行义举，肯定会非常幸福的。您为了让我幸福快乐，曾制订了一个远游的计划，可是，天底下的事，有哪一件事能够比去援救一些被其国家遗弃的不幸之人更加让人幸福快乐，更加有价值呢？”

“我的海伦！”爵士欢呼道。

“邓肯号是一条坚固结实而又轻快的好船，它能抗得住南半球大洋上肆虐的狂风巨浪！我们自己去寻找格兰特船长！”

爵士听了年轻夫人的这番话，不禁激动得张开双臂，把她紧紧地搂抱在自己的怀里。有这样一位善解人意的妻子了解他、追随他，爵士心里说不出的高兴。其实在遭到海军部无理拒绝后，他就萌生此意，只是因为割舍不下妻子，一直左右为难没做最后决定。现在，夫人倒先提出来，所有顾虑都烟消云散了。

玛丽和罗伯特见状，也抓住了海伦夫人的双手，亲吻不止。仆人们看到这感人的一幕，也高兴得手舞足蹈，不由自主地欢呼起来："万岁！海伦夫人万岁！格利纳帆爵士和夫人万岁！"

·品读与欣赏·

格利纳帆爵士和他新婚不久的妻子海伦夫人在乘坐着他们的新游轮邓肯号试航时，从水手们钓上来的一只鲨鱼肚子里发现了一只瓶子，从此揭开了一次伟大航程的序幕。作为开篇，一只漂流瓶汇聚了全书大部分的主要人物，预示了全书的情节线索，并且初步披露了核心人物的性格特征与精神品质，对整部作品起到了提纲挈领的作用。像是一曲宏大的英雄交响乐，起笔不凡，恢弘大气！

·学习与借鉴·

1. 外貌描写：格利纳帆爵士与玛丽姐弟俩的出场运用外貌描写，显现了不同人物的身份、性格、情感以及生活状况，为人物在下文情节中的活动提供了必要的形象支持。

2. 伏笔与照应：前有爵士发电报登启事作伏笔，后有姐弟俩上门探听父亲消息作照应。人物的行为前因后果明了，线索清晰，不断地推动故事情节的发展。

第二章　不速之客

邓肯号是一艘式样新颖别致，并配有蒸汽发动机、螺旋桨的帆船。载重量为两百一十吨，有两个主桅杆，还有三角帆、大触帆、小触帆以及许多的辅帆。但它主要还是靠着本身的机械动力，开足马力的话，可以超过当时所有轮船的最高时速。

邓肯号有着一支精良的船员队伍。门格尔的技术水平不用说，他是格拉斯哥港数一数二的优秀船长。他才三十岁，面容虽然严肃，但勇敢且善良。他是在格利纳帆家里长大的。大副奥斯丁是个老水手，也值得信赖。船上连船长、大副在内一共有二十五人，组成了邓肯号上的船员队。他们都是久经风浪的水手，且都是世世代代为格利纳帆家族服务的庄户子弟，忠诚勇敢。

在爵士和海伦夫人作出决定准备远航后，门格尔船长把船上的煤舱扩大了，同时把粮舱也扩大了，装上足够两年食用的储备粮。他甚至还购置了一门有转轴的炮，安装在船头甲板上，以防意外。

这只船，由于一个意想不到的机缘，要做一次惊人的航行。

自从它开到格拉斯哥港的轮船码头以来，就引起了整个社会的好奇心。每天都有大批人来参观，大家关心的是它，谈论的也是它，这使得停泊在港里的所有其他船舶的船长都红了眼，尤其是苏格提亚号的勃尔通船长。苏格提亚号也是一只漂亮的游船，就靠在邓肯号的旁边，准备开往加尔各答的。论大小，苏格提亚号有权把邓肯号看做是一只小艇。然而，人们的兴趣却只集中在格利纳帆爵士的那只游船上。

在即将起程的日子里，格利纳帆爵士的环球计划迅速传开，不断有人来劝阻他，并给他列举各种可能的危险。但爵士已经下定决心，不为所动。劝阻他的人中，没有人不由衷地敬佩他的勇气。

麦克那布斯少校也在乘客名单上。他年约五旬，稳重老成，仪表堂堂，为人谦和。无论对什么事或对什么人，总是以别人的意见为重，从不与人争辩，从不对人发火，凡事都镇定自若，泰然处之。此外，他还是个胆大勇敢的人，即便炮弹落在身旁，他连眉头都不皱一下，绝不会擅离岗位。他是个彻头彻尾、地地道道的苏格兰人，是个纯血统的喀里多尼亚人，信守故乡的传统习俗。因此，他不愿意为大英帝国服役，他的少校军衔还是在高地黑卫队第四十二团获得的。黑卫队是一支纯粹由苏格兰贵族组成的队伍。麦克那布斯以表兄的身份长期住在玛考姆府，现在，他觉得以少校的身份登上邓肯号是顺理成章的事。

8月24日，格利纳帆夫妇、少校、格兰特姐弟等人在府邸众仆从的热烈欢送下离开玛考姆府。几个钟头后，他们都在船上安顿下来。格拉斯哥的群众怀着敬佩的心情来送海伦夫人，因为大家都被她放弃奢华安逸的生活去援救受难同胞的举动所深深感动！

爵士夫妇被安顿在邓肯号船尾的楼舱里，拥有两间卧室、一个客厅和两间洗漱间。紧挨着他们的是一个公共的方形大厅，两侧是六个舱房，分别由格兰特姐弟俩、司务长奥比内夫妇和少校住着。门格尔和奥斯丁的舱房则在方形大厅的另一头，背着方形大厅，朝着中甲板。船员们则住在统舱里，地方也很宽敞舒适，因为船上除了燃料、粮食、武器以外并没装运其他东西。

8月25日凌晨两点，邓肯号正式起航。它驶离周围的船只，进入克莱德湾航道，过了一会儿，最后的几座工厂已脱离了视线，河岸边丘陵地上，一座座别墅疏疏落落，城市的喧闹渐渐地被抛在身后，直到最后一点儿也听不见了。

进入大西洋的第一天，风大浪急，邓肯号颠簸得很厉害，女士们都没出舱房。第二天风转了方向，天气格外的好，海伦夫人和玛丽一大早就来到甲板上，和爵士、少校、船长他们聚在一起观看日出。红红的太阳像一只硕大的金盘，缓缓从海面升起。邓肯号沐浴着灿烂的晨辉，轻快地航行着。

“好美啊！”海伦夫人呼唤起来，“今天一定是个大晴天，但愿风向始终保持不变，一直吹送着我们的邓肯号。”

“这个风向再合适我们不过了，”爵士应声道，“我们真走运，远行开端如此地好。”

“我真想下到舱底去参观一下，看看我们的水手们在中甲板下面住得如何。”海伦夫人说，“亲爱的，那咱们的这次远航需要多长时间呢？”

“这得问我们的船长了，”爵士回答道，“是他为我们保驾护航！”

大家都随爵士夫妇到中甲板下面去了。少校为了抽烟，独自留了下来，与平时一样在沉思默想。他一个劲儿地吞云吐雾，待在那儿一动不动，眼望着船后留下的浪迹。一会儿，他猛一回头，突然发现面前站着一个陌生人。

此人四十岁左右，身材高大，又干又瘦，像根竹竿儿。他的脑袋又大又宽，额头高高，鼻子长长，嘴巴大大，戴着一副又大又圆的眼镜，目光闪烁不定，看上去这是个聪明而快乐的人，显得洒脱可爱，像个好好先生。看他那副视而不见、听而不闻的架势，就知道他是个很粗心的人。他头戴一顶旅行便帽，脚蹬一双厚厚的黄皮靴，靴子上还有皮罩子。身上穿的是栗色呢绒裤、栗色呢绒夹克；夹克上有很多口袋，好像装满了记事本、皮夹子等一类物件，身上还斜背着一个很大的望远镜。

陌生人的活泼开朗与少校的悠闲沉默形成鲜明反差。他围着少校走了几圈，上下打量着，少校却毫不理会，也不想知道他来自哪里，为什么上了邓肯号。陌生人终于沉不住气了，他大喊一声：“司务长！”声音里带着明显的外国口音。

奥比内先生听到有人叫他，赶紧过来了，一看是个陌生的大个子，惊异不已。

“这人从哪儿冒出来的？”他心里想，“难道是格利纳帆爵士的朋友吗？不可能呀。”

“你就是船上的司务长？”陌生人见他走过来，便问他道。

“是的，先生，”奥比内先生回答道，“不过，请问先生，您是……”

“我是六号房的乘客。”

“六号房？”司务长质疑道。

“就是呀。我从巴黎一口气跑到格拉斯哥，已经三十六个小时没有吃东西了，能否给我拿点吃的？”那人毫不客气地说。

奥比内听得莫名其妙，可是这陌生人还东拉西扯的，说个不停。

正当陌生人说着的时候，约翰·门格尔出现在楼舱的梯子上。

“这就是我们的船长。”奥比内说道。

“啊！很高兴，勃尔通船长，”陌生乘客说，“认识您真高兴。”

门格尔非常惊讶。不仅因为他看到这个陌生人而感到惊奇，更因为对方把自己称为“勃尔通船长”。

陌生乘客继续说：“请允许我向您致意。前天晚上，我未能向您表示敬意，是因为船正要起航，不便打扰您，但现在，我可以向您致意了。认识您，非常之荣幸。”

门格尔眼睛睁得老大，看看奥比内，又看看陌生乘客。

“现在，”陌生乘客又说道，“亲爱的船长，我们已经认识了，就算是老朋友了。咱们随便聊聊吧。请您告诉我，您对苏格提亚号感到满意吗？”

“什么苏格提亚号呀？”门格尔也忍不住开口了。

“就是这条载着我们的船呀！有人对我夸赞道，这条船坚固而轻快，勃尔通船长待人宽厚而热情。有一位在非洲旅行的大旅行家也姓勃尔通，他是不是您的本家呀？那可是个勇敢的人，祝贺您有这么一个本家。”

门格尔正想打断他的话，问个清楚。这时，爵士他们过来了。

陌生人一见他们就叫道：“啊，真是太好了！有这么多的旅伴！”说着，他就热情地打起了招呼。

“这位是格利纳帆爵士。”门格尔说。

海伦夫人和格兰特小姐不知道怎么答话，估计都在纳闷从哪儿钻出这么一位不速之客。

“先生，”爵士开腔了，“请问您……”

“我叫巴加内尔，巴黎地理学会秘书，东印度皇家地理人种学会名誉会员，柏林、孟买、达姆施塔特、莱比锡、伦敦、彼得堡、维也纳等地理学会的通讯员，我这次要去印度。”

“您是前天晚上登上这条船的吗？”

“是的，爵士，晚上八点钟我从喀里多尼亚火车上下来，乘马车到了苏格提亚号。我在巴黎预定的是六号房间。当时夜黑得很，我在船上没有见到一个人。因为旅途太疲乏，又加上有点晕船，上船后倒头就睡，一直到刚才才起来。”

大家都明白了眼前这位仁兄的身份了，只是他还蒙在鼓里。

巴加内尔滔滔不绝，他说得津津有味，神气极了，仿佛鼓动着想象的翅膀。爵士有点不忍心，但还是忍不住告诉他，“您那探险旅行的计划实在是高明极了，科学界会感谢您的。不过，我不愿意让您再继续错下去，至少目前您只好放弃游览印度的计划了。”因为他正在背离印度半岛航行，他坐的不是什么苏格提亚号，而是邓肯号。

倒霉的学者听到后大叫着跑到他的房间里去了，船上所有的人——除了少校，都忍不住笑起来。

很快，巴加内尔又回来了。他可怜巴巴地问道：“这邓肯号是到……”

“到美洲，巴加内尔先生。”

“到美洲的……那我到印度的任务怎么办呢？地理学会主席加法支先生该怎样怪我呢，还有那么多德高望重的人……以后再也没有脸出席学会的会议了！”巴加内尔自言自语地说着。

·品读与欣赏·

邓肯号满载着人们对它的好奇、惊叹、羡慕甚至嫉妒，于凌晨两点从挤满了各种船只的格拉斯哥港起航了！赶来凑热闹的还有一位迷迷糊糊上错了船的地理学家——巴加内尔先生。他以这种滑稽幽默的出场方式，凑足了一场惊心动魄的好戏的主角阵容，从此为这个漫长、枯燥，有时又充满凶险的旅程增添了无尽的乐趣。同时，也正是有了这一人物的出现，才使得整个寻访旅程多了一份来自地理学家“百科全书”式的指导，读者们也可借由这位“粗心”人领略沿途的风土人情。

· 学习与借鉴 ·

1.设置悬念：门格尔船长在为邓肯号远航做准备时，特意购置了一门有转轴的炮安放在轮船的甲板上。这一细节预示了爵士一行人在以后的行程中，可能会遇到让大炮打响的机会，这机会是什么呢？

2.人物描写：巴加内尔一身非凡的打扮，显示了他“地理学家”的职业特点与“百科全书”式的幽默和滑稽。他“滔滔不绝”的语言和“神气”的表情，显示了强烈的自信与乐观的精神。

第三章　到哪儿下船

接下来的日子，巴加内尔显得十分可爱、快乐，但有时也暴露出他的粗心。不到一天的工夫，他就跟每个人交上了朋友。由于他的要求，爵士把那信件也拿给他看。他仔细研究了很久，一点一点地分析，认为爵士他们的解释是正确的，没有补充的解释了。他十分关心玛丽姐弟，对他们寄予很大的希望。他对前途的看法，以及他肯定邓肯号一定成功的预言，让少女的脸上有了微笑。如果不是有任务在身，他也会一同去寻访格兰特船长！对海伦夫人，当一听说她是威廉·塔夫内尔的女儿时，他就叫起来，又是惊讶，又是赞美。

海伦夫人的父亲是巴黎地理学会的通讯员，他们彼此间不知通过多少次信呢！介绍巴加内尔加入学会的就是他和另外一个会员马特伯朗先生！和塔夫内尔的女儿同船旅行真是太巧了！痛快极了！

游船很快驶近了赤道，8月30日望见了马德拉群岛。爵士履行他对客人的诺言，让船停泊，送巴加内尔上岸。

“这个群岛已经被人研究得太详细了。对一个地理学家来说，没有什么有意思的东西可研究了。关于它，能说的人家都说尽了，能写的人家都写尽了，而且，它原来是以种植葡萄出名的，现在葡萄的生产已是一落千丈了。如果您不介意的话，可不可以到加那利群岛再停泊呢？”巴加内尔临时又改变了主意。

“那就到那儿停泊好了，这也不会离开我们的原路线。”

“我知道，我亲爱的爵士。这是一个机会，我要利用这次机会，在候船回欧洲时，攀登一下那里一座著名的高峰。”

“完全随您，我亲爱的巴加内尔。”爵士不禁微笑起来。

一个是为自己的临时改变主意找借口、致歉意，一个是胸襟宽广愿成人之美。两个人的脾气、性格在谈话中表露无遗。【语言描写】

8月31日下午两点时，门格尔船长和巴加内尔都在甲板上散步。忽然船长打断了他的话，指着南面地平线上的一点说：

“巴加内尔先生……”

“什么事，我亲爱的船长？”

“请您朝这边看看，您可看出什么来？”

“我没看见什么。”

“您是不愿看见罢了。不管怎样，虽然相隔约七十五千米，特纳里夫山峰在地平线上也看得清清楚楚，您该听懂我的话了吧？”

几小时后，那座高峰就摆在他的眼前了。

“看见了，清清楚楚的，那就是所谓的特纳里夫顶峰啊？”他一脸的不屑。

“那就是呀。”

“并不怎么高呀。”

“可是，它海拔三千三百多米呢！”

“比不上勃朗峰（阿尔卑斯山的最高峰）呀！”

“也许吧，不过爬起来您会觉得它够高的。”

“那又有什么用呢？很多人都在我之前爬过了。爬上去后，我还有什么可做的呢？”

于是，他再一次放弃了弃舟登岸的机会。然后，巴加内尔笑着说，“但是，亲爱的船长，佛得角群岛有没有停泊站呢？”

一个“笑”字，透射出了巴加内尔因再次给对方提出要求而感到不好意思。【细节描写】

“有的。在那边搭船容易得很。”

“在那儿下船还有个便利，佛得角群岛离塞内加尔不远，在塞内加尔我可以遇到一些法国同胞。”

“您爱怎样就怎样好了，先生，我深信您在佛得角群岛逗留对地理学一定是有贡献的。我们正要在那里停泊上煤，您下船并不耽搁我们的行程。”

这样说定了，船长就把船向加那利群岛西边开去了。邓肯号继续急驶，于9月2日早晨5点驶过夏至线。自此，天气开始变化，是雨季的潮湿而又闷热的天气，西班牙人称之为“水季”。

第二天，巴加内尔开始整理行李，准备下船了。邓肯号正在佛得角群岛之间曲折前行，不一会儿就停泊在微腊卜拉雅城前面。

“惊涛”“异常猛烈”“隐约”“密集”写出“天气坏极”，衬托出风雨中的微腊卜拉雅城悲凉的气氛，暗示了巴加内尔的心情。【环境描写】

天气坏极了，虽然海风吹不到湾内，但惊涛拍岸，异常猛烈。天上大雨倾盆，只隐约地看见一座城，建在平台一般的高原上。隔着密集的雨帘望去，十分悲凉。

海伦夫人原想到城里去看看，现在也只好放弃计划了。上煤的工作遇到了不少困难。邓肯号上的乘客只能躲在甲板下面。大家的谈话集中到天气上了。每个人都有意见，除了少校，因为他纵然看到洪水滔天也满不在乎。巴加内尔踱来踱去，只是摇头。

“这是有意和我作对！”他说。

“这样大的雨，您不能去冒险啊。”夫人说。

“我吗？夫人，我绝对能冒这个险。我只怕我的行李和仪器，被雨水一浸湿就全完了。”

“也就是下船那一会儿可怕，一到城里，您能住得不太坏，清洁是不够清洁，和猴子、猪住在一起，是不怎么惬意，但是对一位旅行家来说，他是不能讲究这些的。我们希望七八个月后您能搭船回欧洲。”爵士说。

“七八个月？我的天哪！”巴加内尔叫起来，“这里没有大河，没有小溪，没有森林、树木，也没有像样的大山。更为甚的是，考察工作早有人做过了。”

“真是可惜，那您下船后怎么办呢，巴加内尔先生？”夫人说。

巴加内尔沉默了一会儿。

“哎，您真不如那天在马德拉下船的好，虽然那里不再出产葡萄酒了！”爵士惋惜地说。

巴加内尔依然沉默着。

“要是我，我就在船上等候机会。”少校说。

“我亲爱的爵士，”巴加内尔终于说话了，“您今后还预备在哪里停泊？”

“亲爱的”“终于”“哪里”几个词表现出巴加内尔三番五次提出要求后的犹豫与窘态。【语言描写】

“今后，不到康塞普西翁就不停了。”

“糟糕！我可离印度太远了。”

“并不啊，你一绕过合恩角不就一天天接近印度了吗？”

“我正是想到这一点。”

“还有，巴加内尔，要得到金奖章，随便在什么地方都可以呀。世界上到处都有东西可以研究，到处都有东西可以探求，到处都有东西可以发现呀，在西藏的丛山中不是和在安第斯山脉的丛山中一样吗？”

“那么雅鲁藏布江在哪儿呢？”

“雅鲁藏布江，您就拿科罗拉多河代替好了！这条河人家知道的也不多，在地图上这条河流随地理学家高兴，爱怎么画就怎么画。”

“言归正传罢，巴加内尔先生，您到底肯不肯陪我们一同去呢？”海伦夫人用最恳切的语气问。

“夫人，我的任务怎么办呢？”

"我要预先告诉您，我们还要过麦哲伦海峡哩！"爵士补充着说。

"爵士，您想诱惑我？"

"我再加一句，我们还游历饥饿港呢！"

"饥饿港？"那法国人叫起来，他感到各方面都在围攻他，要他转念头，"这海港，许多地理书把它说得天花乱坠，太著名了！"

"叫"这一动作形象地写出了巴加内尔激动、兴奋的表情，非常逼真、传神。【用词准确】

"您还要想想，巴加内尔先生，您参加我们这个事业，就有权把法兰西的名字和苏格兰的名字结合起来呀。"夫人说。

"是呀！这是没有问题的。"

"我们这次远征，有个地理学家参加是可以帮我们很大的忙的，您拿科学来为人道服务，世界上还有比这个更光荣的事吗？"

"您说得太好了，夫人！"

"请您相信我，您还是将错就错吧，或者不如说，我们还是听从天意吧。请您像我们一样。天意把信件送到我们手里，我们就出发了，天意又把您送到邓肯号上来，您就不要离开邓肯号了吧。"

"诸位要我说真话吗，我的好朋友们？"巴加内尔终于开始松口，"我看你们都很想要我留下来！"

"您自己呢？巴加内尔，我看您也非常想留下来。"爵士说。

"可不是吗？！"那博学的地理学家叫了起来，"我是不敢开口，怕太冒昧啊！”

·品读与欣赏·

巴加内尔活泼、外向的性格让他很容易就融入到船上一大群陌生人中，并且与他们每个人都交上了朋友。几次临到约定的下船地点又改变主意，让地理学家内心变得很是歉意，同时也让大家看到了在巴加内尔身上既有地理学家渊博的知识，又有拿不定主意的“孩子气”，同时也有两边都不舍的情谊。巴加内尔留下来了，欢乐也留在了船上。

·学习与借鉴·

1.环境描写：通过对风雨与海上波浪的细致刻画，衬托出微腊卜拉雅城在大自然的雄威下凄凉、悲哀的气氛，同时也从侧面暗示了巴加内尔因再次不能登岸而带来的灰暗心情。

2.描写生动：形象地写出了巴加内尔在听到爵士说要游历饥饿港时激动、兴奋的表情，非常逼真、传神，显示出巴加内尔孩子气的率真与活泼。

第四章　康塞普西翁城

大家一知道巴加内尔决心留下来，没有一个不高兴的。小罗伯特跳起来，一下抱住他的脖子，那种亲昵的样子足以说明他的心情。“好个小家伙！我要教他地理学。”地理学家说。

罗伯特的聪明、乖巧赢得了船上所有人的喜爱。现在，门格尔已经负责把小罗伯特教成一个水手，格利纳帆要把他培养成一个勇敢的人，少校要把他训练成一个沉着的孩子，海伦夫人要把他教育成一个仁慈慷慨的人，玛丽又要叫他成为一个不辜负这些热心的老师们的学生，这样，小罗伯特在众人目光的注视下成了一个将来要汇聚各家之长的“复合型”人才了。

邓肯号很快上足了煤，然后向西沿着巴西的海岸航行。9月7日，一阵北风把它吹送过了赤道线，进入了南半球。横渡大西洋的航行就这样顺利地进行着。每个人都怀着很大的希望。在这寻觅格兰特船长的远征中，成功的可能性似乎在一天一天地增加。最有信心的是船长。他的信心来自他的愿望，他的愿望就是全心全意要使玛丽小姐获得幸福和安慰。他对玛丽特别关怀，他想把这种心情极力隐藏起来，可是事实上只有玛丽和他两人自己不觉得，其余的人个个心里都明白。至于那位渊博的地理学家，也许他是南半球上最幸福的人。他整天忙着研究地图，方厅的餐桌上都铺满了地图。因此，奥比内先生每天都因为不能布置餐桌而和他争吵。不过，楼舱里的人都支持巴加内尔，除了少校，因为少校对地理学上的问题不太感兴趣。巴加内尔在大副的箱子里发现了一大堆破书，他认定是西班牙文，所以拼命读，人们一天到晚就听到他在咿咿呀呀地练习着这种复杂的语言。他闲下来就教小罗伯特一些实用的科学知识，并把邓肯号路过的那一带海岸的历史讲给他听。

“南半球上最幸福的人”，以极度夸张的写法，描绘出巴加内尔融入寻访集体后准备利用他的特长而大展身手的兴奋。【夸张修辞】

“是呀，巴加内尔先生，我倒很想生活在那种环境里。”小罗伯特在听了巴加内尔讲麦哲伦的故事后，激动地叫起来。

“叫”字反映了罗伯特容易激动的孩子天性，又与巴加内尔的“叫”两相呼应，证明了船上不止一个“孩子”。【用词准确】

“我也是这样想啊，我的孩子。如果老天爷让我早出生三百年，我就不会失掉这么一个机会！”

“果真如此，对我们就是个憾事了，先生。”海伦夫人接下去又说，“因为如果您早出生三百年，您怎么能来到这条船的楼舱上给我们讲这段故事呢？”

“嗯！我要是麦哲伦的话，我还不满意呢。”罗伯特说。

“为什么？”玛丽问，她瞪着眼睛看着她那爱听发现史的小弟弟。

“因为要是我的话，我一定要看看麦哲伦海峡南部还有什么。”

“对极了，我的小朋友，就连我，我也要想知道美洲大陆究竟是一直伸到南极呢，还是在它和南极之间，和德勒克所推测的一样，还有一道海呢？”

“我实在想到那地方去探险！”罗伯特叫道。

巴加内尔越说越起劲儿。

“可惜现在这种事业和一座矿山一样，被人家开采尽了！新大陆，新世界，一切都被人们找到了，探测过了，发现过了，我们这些人在地理学上是迟到者，我们无用武之地了！”

“怎么没有用武之地啊，我亲爱的巴加内尔！”格利纳帆说。

“哪里还有呢？”

“我们现在做的事就是我们的用武之地呀！”

这时候，邓肯号正以无比快的速度在威斯普厅和麦哲伦等名人走过的航道上疾驶着。9月15日，它越过冬至线，船头转向那著名的麦哲伦海峡的入口。9月25日，邓肯号航行到与麦哲伦海峡同纬度的地方。它毫不迟疑地驶进去了。

进海峡航行的最初几小时，直到抵达格利高里角以前，海岸都是平的、多沙的。巴加内尔的眼睛不放过海峡的任何一点。在海峡内要航行三十六小时，两岸移动的景色值得这位学者在南半球灿烂的阳光下耐心观赏。北岸没有人烟，南边火地的光秃岩石上有几个可怜的火地人在游荡。巴加内尔并没有看到巴塔戈尼亚人，这使他大为失望，而他的同伴却很开心。

“巴塔戈尼亚没有巴塔戈尼亚人，就不是巴塔戈尼亚了。”他说。

“别着急呀，我敬爱的地理学家，我们总会见到巴塔戈尼亚人的。”爵士说。

“还说不定。”

“为什么呢？巴塔戈尼亚人是存在的呀。”海伦夫人说。

“我很怀疑这一点，夫人，因为我看不到他们。”

“你太那个了。”爵士叫了起来，“亲眼看见这些巴塔戈尼亚人的旅行家们……”

以“那个”代替“幼稚”“死脑筋”或者其他不敬的词语，反映出爵士的个人修养。意思明了，表达含蓄。【用词准确】

于是大家对巴塔戈尼亚人的身材特点进行了一番唇枪舌剑的争论。

“那么，在这些互相矛盾的说法中，哪一个是真实的呢？”海伦夫人问。

“最好是他们这些人并不存在，这样，各种矛盾都消失了。现在为了结束这场论战，朋友们，我要补充一句使大家宽心的话：麦哲伦海峡漂亮极了，就是没有巴塔戈尼亚人也是够漂亮的！”巴加内尔为这场热闹的讨论划上一个句号。

夜幕降临了，黄昏的时间很长。阳光不知不觉地融化成多种黄昏、夜幕、星星、南极榉、鸟类、断墙与缓缓驶行的邓肯号，构成了一幅富于动感的图景。柔和、安详又不乏肃穆、庄重，美不胜收。【环境描写】

柔和的色彩。天上布满了星星。在这一片朦胧中，星光代替着文明海岸上的灯塔。游船没有在沿途的港湾里抛锚过，大胆地继续它的航程。有时，它的帆架掠过那俯临在波澜上的南极榉的枝梢；有时，它的螺旋桨拍打着大河的水波，惊醒了雁鹅、凫鸭、鸥鹬，以及那沼泽里的各种鸟类。不久，许多断墙残壁出现了，几座倒塌了的建筑物在夜色中望去显得格外庞大，这都是一片废弃了的殖民地残留下来的凄凉遗迹。

邓肯号这时正在“饥饿港”前面航行。就在这地方，西班牙人萨蒙多于1581年带了四百名移民到这里住下来。他在这里建立了圣腓浦城。过了几年，移民死了大半，加上闹荒，把熬过寒冬的人又饿死了。1587年战船加文地施号来到这里，发现了那四百条可怜虫中的最后一个，他在这具有六百年历史的古城废墟上挣扎了六年，当时正饿得要死呢。

邓肯号沿着这荒凉的海岸前进。远处，有大群的海豹和鲸鱼在游戏，鲸鱼似乎很巨大，因为三千米外都可以看到它们喷出的水柱。最后，船绕过佛罗瓦德角。美洲大陆到了佛罗瓦湾角真正是到了尽头，相比之下合恩角不过是南纬56°下荒海中的一座岩石而已。

这尖端一过，海峡就变窄了，两边有成千的小岛环抱着，长形的德索拉西翁岛就像一条大鲸鱼落在一片鹅卵石滩上一样。南美洲的末端是这样的支离破碎，与非洲、大洋洲和印度那些整齐清晰的尖端相比，是多么不同啊！

邓肯号就顺着那条任意曲折的航道穿梭其间，沿途把一团团的浓烟掺杂到被冲破的海雾之中。过了塔马尔角，峡道转弯了，游船有旋转的余地了，它转过了那波罗群岛的陡峭海岸，最后在入港航行三十六小时之后，望见了波拉尔角的峭岩突然崛起在德索拉西翁岛的最末端。一片波光粼粼的大海，展现在船的面前。巴加内尔十分激动，挥动着手，热情地欢呼着，差点站不稳了。

“挥手”“欢呼”“站不稳”，这几个动词准确写出巴加内尔的“十分激动”。【动作描写】

绕过波拉尔角后八天，船开足马力驶入塔尔卡瓦诺湾。天气好极了，门格尔依照爵士的命令，把船紧贴着济罗岛和美洲西岸的零星小岛航行。一片烂船板，一根断桅杆，一块经人手加工过的小木块，都可能会给人们提供不列颠尼亚号沉没的线索。然而，人们什么也没有发现。邓肯号只好继续航行，最后停泊在塔尔卡瓦诺港。这时它离开克莱德湾那多雾的海面已经四十二天了。

船一停下来，格利纳帆爵士就叫人放下小艇，带同巴加内尔，直划到岸脚下上了岸。这位博学的地理学家想利用这机会说说他那苦学苦读过的西班牙语。但是他说的话，土人半个字也听不懂，这使他惊讶极了。

在一个大家都说西班牙语的地方，自己说的话却不能被人听懂。可能的原因除了音调不准外，还会有什么呢？【设置悬念】

“我说的音调不对。”他说。

“我们到海关去吧。”爵士说。

到了海关，人家用几个英文字，夹杂着带有表情的手势，告诉他们说美国领事馆驻在康塞普西翁。爵士一下子就找来了两匹快马，不久他们俩就进了城。这是一座大城，是皮萨尔兄弟勇敢的同伴、天才冒险家瓦第维亚建立起来的。当初这座城市是多么繁华，现在却是如此萧条！

爵士无心研究它萧条的原因，即使巴加内尔怂恿他去做，他也不耽搁一点儿工夫，立刻找到美国领事彭托克。这位领事很客气地接待了爵士，他一听说格兰特船长遇难的事，就答应负责在沿海一带进行调查。三桅船不列颠尼亚号是不是在智利或阿罗加尼亚海岸的37° 线附近失事的问题，答案是否定的。因为英国领事以及其他国家的领事都不曾接到过有关的或类似的报告。爵士并不灰心，他东交涉，西活动，不辞辛苦，不惜金钱，派人到各海岸去查访。可这一切都是白费功夫，向沿海居民作的详细的调查都没有结果。最后，只好肯定不列颠尼亚号在这里没有留下任何失事的痕迹。

爵士把结果告诉了船上的伙伴们，玛丽和她的弟弟听后内心很痛苦。这是邓肯号抵达塔尔卡瓦诺六天后的事了。海伦夫人安慰着玛丽姐弟俩。巴加内尔把那信件又拿了出来，集中注意力仔细审察，仿佛要逼那信件说出新的秘密。他这样审视着，整整一个钟头过去了。这时爵士喊

“逼”“审视”，写出了巴加内尔认真的态度和急于破解信件的迫切心情。【用词准确】

了他一声，对他说："巴加内尔，凭你的智慧判断一下，我们对信件的理解难道错了吗？这些字的意义难道不合逻辑吗？"

巴加内尔不回答，他在想：难道我们把出事地点弄错了吗？

爵士又问："就是最笨的人看来，'巴塔戈尼亚'这几个字不是再明白不过了吗？"

巴加内尔始终不说话。

"最后，还有Indian（印第安人），这个不是更支持我们的论断吗？"爵士又说。

"十分对呀。"少校也在搭腔。

"那么，那些遇难的船员在写这信件的时候，就要做印第安人的俘虏，这不是很明显的吗？"

"这里我要打断你的话头，爵士。"巴加内尔终于回答了，"你的论断别的都正确，可就是这最后一点我觉得不很合理。"

"您的意思怎样？"海伦夫人问，同时所有人的目光都转向了地理学家。

"我的意思是：格兰特船长写信件时已经成为印第安人的俘虏了。"巴加内尔说得很坚决。

"请您解释解释，先生！"格兰特小姐说。

"信件上的空白，我们不应该读成'将被俘于'，而是应该读成'已被俘于'，这样一切都明白了。"

"那是不可能的呀！"

"不可能？为什么，我的好朋友？"巴加内尔微笑着对爵士讲。

“因为瓶子只能是在船触礁时扔进海里的呀。所以，信件上的经纬度必然是指出事地点。”

“你这一点毫无根据，”巴加内尔赶快反驳，“我就不懂为什么那些遇难的海员被印第安人掳到了内地之后，就不能想法儿丢下一个瓶子，叫人家知道他们被拘留的地点。”

“理由简单得很，亲爱的巴加内尔，要把瓶扔到海里，一定要有海才行。”

“没有海，就扔到入海的河里不可以吗？”巴加内尔回答。

一片惊诧的沉默接受了这个万想不到而又合情合理的回答。巴加内尔看见大家眼睛里射出的光芒，就知道大家又抓住了一个新的希望。

·品读与欣赏·

巴加内尔先生终于留在了邓肯号上。一路上，他沉浸在沿途经过的自然风光与相关历史人物、故事的回顾中，人们从他对自己的学生小罗伯特的讲述中也听了一次免费的地理知识讲座。但巴加内尔却不满足，因为他要见到真正的巴塔戈尼亚人。康塞普西翁结束了寻访者的一个梦想，但又开启了旅行者的一个新的希望。小说情节像平静的海面一样，没有大的风浪，却也波澜起伏，耐人寻味。本章以对三封信件的重新解读为转折点，把人们带向了一片新的天地。

·学习与借鉴·

1. 设置悬念：在一个大家都说西班牙语的地方，巴加内尔的“西班牙语”却不被人听懂。可能的原因除了音调不准外，还会有什么呢？说话人不清楚，读者也跌入云里雾中，引起人们的兴趣。

2. 场面描写：在南半球的麦哲伦海峡，黄昏、夜幕、星星、南极榉、鸟类、断墙与缓缓驶行的邓肯号，构成了一幅富于动态的图景。柔和、安详又不乏肃穆、庄重，美不胜收。

第五章　分道扬镳

“那么，您的意思是……”爵士问。

“我的意思是要先测定南纬37°线穿过美洲海岸的地方，然后沿着这37°线向内地找，不要离开半岛，一直找到大西洋。也许在37°线上我们会找到不列颠尼亚号的船员。”

“希望不大！”少校说。

“不论希望大与小，我们都不能忽视它。万一我推测对了，那瓶子的确是由某一内河流到海里的，我们就必然会找到线索。看看这地方的地图吧，朋友们，我要叫你们心服口服地相信我的话。”

巴加内尔说着，在桌上摊开一张智利和阿根廷各省的地图。

“你们看，”他说，“你们跟我作一次横贯美洲大陆的散步罢了。我们跨过这狭长的智利，越过安第斯山脉那一带高低岩后再下到草原中间。这些地区缺乏大江吗？缺乏大河吗？缺乏水道吗？不缺乏呀！这里的许多河都被南纬37°线穿过，都可以把信件送到海里。在这些地方，也许在一个土人部落手里，在一些定居的印第安人手里，在这些外界不明白情形的河岸上，在这些山坳里，格兰特船长他们正在听凭天意等人来营救呢！我们能让他们失望吗？如果为了要找到那些遇难的船员而有必要的话，我们不应该沿着37°线环绕地球一周吗？！”

慷慨激昂的一番演讲让大家听了颇为感动。

“是的，我的父亲就在那儿！”罗伯特不停地叫着，眼睛恨不得把地图吞下去。

“你的父亲在哪儿，我们就会到哪儿去找他，我的孩子。”爵士说，“巴加内尔的解释是再正确不过了，现在应该毫不迟疑地循着他画的这条线走去。格兰特船长不是在大批的印第安人手里，就是在一个小部落手里。如果落在小部落手里，我们就直接把他救出来，如果在大批的印第安人手里，我们就侦察了情况之后，再沿东海岸走回到船上，我们到阿根廷的首都去招一班人，由少校组织起来，就足以对付阿根廷内地所有的印第安人了。”

“好！爵士，就这样，好！”门格尔说。

“巴加内尔先生！”玛丽用发抖的声音感动地说，“您这样仗义救人，不怕冒那么多的危险，我们应该感激您啊！”

“危险！谁说有‘危险’？”巴加内尔叫了起来。

“不是我！”罗伯特回答，眼睛瞪得圆溜溜的，眼光显得十分坚决。

“危险！哪有危险啊？而且，我们要做的是什么？不过是做一次仅仅六百四十八千米的旅行罢了，我们是沿直线走去的呀。

这旅行至多不超过一个月，等于我们散了一回步啊！”

“巴加内尔先生，”海伦夫人插上话问，“您相信那几名失事的船员落到印第安人手里之后，生命还是安全的吗？”

“还用问吗，夫人！印第安人又不是吃人的野人啊！他们绝对不会那样。一个欧洲人在这个地区里，像是一只有用的动物。印第安人知道他的价值，他们爱护他就和爱护值钱的牲畜一样。”

“既然如此，就别再犹豫了，我们应该去，并且赶快动身。我们应该走哪条路呢？”爵士问。

“一条既便捷又惬意的路，开始有点山路，然后是安第斯山东面山脚的小斜坡，最后是一片细草平沙的原野，没有崎岖不平的地方，简直是一个大花园。”

“看看地图吧。”少校说。

“地图在这，我亲爱的少校。我们……”巴加内尔把沿途要走的路线说给少校听，“直到找到大西洋岸边的马达那斯角。”

巴加内尔一边说，一边数着这次远征路过的地方，摆在眼前的地图他连看都不看。他是用不着看地图的。他的记忆力很强，一点也没说错。他数完了一连串的地名之后，又说：“所以，我亲爱的朋友们，这条路是笔直的，三十天就可以走完了。如果稍微有点不顺的话，邓肯号会在我们之后到达东海岸呢。”

“依您说，邓肯号应该在哥莲德角与圣安托尼角之间巡航，是吗？”船长问。

“正是。”

“这一趟远征要哪些人去呢？”爵士问。

“越少越好。我们不过是要打探一下格兰特船长的境况，并不是要和印第安人打仗。我想格利纳帆爵士当然是我们的领袖，少校也一定是当仁不让的，还有你们的忠实的服务者巴加内尔……”

“还有我！”小罗伯特叫了起来。

“不要乱插嘴，弟弟！”玛丽说。

“为什么不让他去呢？”巴加内尔说，“旅行是青年最好的一种锻炼。因此，就是我们这四个人，再加上邓肯号上的三个水手……”

“怎么，”门格尔对他的主人说，“您就不给我提一提名？”

“我亲爱的船长，”爵士说，“我们把女客都丢在船上呀，就是说，我们最亲爱的人都留在船上呀！除了邓肯号热诚的船长，还有谁能来照料她们呢？”

“我们不能陪你们一同去吗？”海伦夫人说，看着爵士，显得不放心的样子。

“我亲爱的海伦，这次旅行想必很快就可以回来，我们不过是暂时的小别呀，而且……”

“是的，我了解你们，你们去吧，祝你们成功！”海伦夫人说。

“而且，这不算是旅行呀！”巴加内尔说。

“不算旅行又算是什么呢？”夫人问。

“走马观花地过一过就是了。我们一穿而过，就像一个善人打尘世间过一过那样，一面行走，一面行善。”

巴加内尔说完了这句话，一场辩论结束了。大家通过抽签的方式又让大副汤姆·奥斯丁、水手威尔逊和穆拉地也参加到寻访小分队。

动身的日期定在10月14日。船长进行贮煤工作，以便立刻就能再启锚开航。他一心要做到在远征队之前到达阿根廷海岸。

出发时，全体乘客都聚集在方厅里。邓肯号已经张好篷帆，它的螺旋桨打着塔尔卡瓦诺湾的清波。爵士、巴加内尔、少校、罗伯特、奥斯丁、威尔逊、穆拉地都带着马枪和高特手枪准备离船。向导带着骡子在水栅那边等着。

“时间到了。”最后，格利纳帆爵士说。

“你去吧，朋友！”海伦夫人镇定地回答。

爵士紧抱着夫人，罗伯特也跳过去搂着姐姐的脖子。

“现在，亲爱的伙伴们，最后一次拉拉手，直到大西洋岸上再见吧！”巴加内尔说。

大家都到甲板上来了，七个旅行者离开了船。不一会儿，他们就到了码头，游船也靠近岸边开着，离岸还不到百米。海伦夫人在楼舱上最后一次高叫：“朋友们，愿上帝保佑你们！”

“上帝一定会保佑我们的，夫人，请你相信吧，因为我们会互相帮助的！”巴加内尔回答。

“开船！”船长向机械师叫着。

“上路！”格利纳帆附和道。

陆上的行人赶着坐骑沿着海岸进发；邓肯号开足了马力，向远洋驶去。

·品读与欣赏·

巴加内尔从对三封信件的重新解读中发现了自己的侦察天分，所以他极力促成跨越美洲的一次远程。他一方面发表了一通大义凛然的演说，把这次旅行说得义不容辞；另一方面又以“惬意”“散步”来形容这次旅行，极力把旅途中可能遇到的困难轻描淡写甚至忽略不计。最终，在门格尔船长的一声“开船”令发出后，两路人马各自朝着目标前进。巴加内尔充满正义感、为完成正义事业不惜巧辩的“幼稚”可爱形象深入人心。

·学习与借鉴·

1. 对话描写：巴加内尔在听到玛丽谈到“危险”两个字后的剧烈反应与小罗伯特“不是我”的急切辩白，活化了二人的性格特征，也刻画了二人不同的心理变化。

2. 比喻修辞：巴加内尔说到印第安人对待被俘欧洲人的态度用对待有用的动物来比喻，一是形象地写出了印第安人极力要利用他们的价值而不会杀死他们，说明格兰特船长的安全有保障；同时也说明了巴加内尔对当地风土人情的熟识程度。

第六章　阿罗加尼亚国

骡夫头子是一个在本地生活了二十年的英国人。骡夫头子智利语叫“卡塔巴”。这个原籍英国的卡塔巴用了两名当地的骡夫，土语称为陪翁，再加上一个十二岁的孩子做助手。陪翁照应运行李的骡子，小孩儿骑着“马德铃娜”——挂着铃铛的小母马，走在骡队的前面，后面跟着十匹骡子。十匹骡子中，八匹驮人，还有两匹运着行李和几捆布匹，这些布匹是为了结交平原地区酋长而准备的。陪翁照例还是步行。

爵士是个懂得旅行并能适应各地方风俗习惯的人，他为自己和同伴准备了智利人的服装。巴加内尔和罗伯特——两个都是孩子，不过一大一小，他俩把头一套进智利大斗篷，脚一插进那长皮靴，都感到乐不可支。那斗篷土名“篷罩”，是一大块格子花呢，中间穿了一个洞。靴子是小马的后腿皮做成的。还有他们乘的骡子也打扮得漂漂亮亮，嘴里衔的是阿拉伯式的嚼铁，嚼铁两

运用“一套进”“一插进”和“都”这一组词语，把两个“孩子”见到新奇事物后的高兴劲儿写得活灵活现。【用词准确】

端系着皮质的缰绳，可以当做鞭子用，头上是金碧辉煌的络头，还有那颜色鲜艳的褡裢，装着当天的干粮。巴加内尔老是粗心大意的，上骡子时差点挨上几脚。他一爬上鞍子，就漫不经心地坐着，腰里悬着大望远镜，脚踏着镫子，松着辔头让骡子自己走。骡子非常听话，他觉得十分满意。至于小罗伯特，他一上骡背，就像一个未来的一流骑手。

天气晴朗，万里无云。虽然是烈日高悬，但空气被海风调节得非常凉爽，这一小队人马沿着塔尔卡瓦诺湾的曲折海岸迅速前进。

用自然界的晴空万里衬托人们在新的希望中踏上征程的愉快心情。【环境描写】

第一天，大家在干滩地的芦苇丛中迅速穿行，彼此不多说话。邓肯号冒出的黑烟，渐渐消失在天边，但是还可以看得见。大家不说话，只有那好学的地理学家在练习西班牙语，用这新学的语言自问自答。

那骡夫头子也是个相当沉默的人，他的职业并没有使他养成嗜好说话的习惯。他连对陪翁说话时都讲得很少。这两个陪翁都是内行，非常懂得他们应该做的事。要是有匹骡子停了，他们就用喉咙叫一声来督促它，再不走，就扔个石子。石子扔得相当准，再执拗的骡子也会服从的。

骡夫的习惯是早晨八时吃了早饭出发，一直走到下午四点歇夜。爵士尊重这个习惯。这天，向导发出休息的信号时，旅客们正到了海湾南端的阿罗哥城，他们直到现在为止还没有离开过那泡沫飞溅的海岸。爵士这一队人已经走遍了海滨地区，但是并没有找到任何沉船的痕迹。

这一队人马进了城，在一家十分简陋的旅社过夜。

阿罗哥城是阿罗加尼亚的首都。阿罗加尼亚人是智利族的分支，这一族的人高傲而强健，在南北美洲中没有受过外力统治的只有这一族了。

当别人在预备晚饭的时候，爵士、巴加内尔和向导在那些屋顶由茅草盖成的房子间散步。除了一所教堂和一个圣芳济修道院的遗址外，阿罗哥城里就没有什么可看的了。爵士试图打听点有关沉船的消息，但没有结果。

巴加内尔说的西班牙语居民听不懂，他很失望。不过，阿罗哥城的人说的都是阿罗加尼亚文，巴加内尔的西班牙语说得再好也没用。他还是感到十分愉快，因为阿罗加尼亚各种典型的人都呈现在他的眼前，任凭他观察。这里的男子都身材高大，面部扁平，皮肤呈古铜色，没有胡子，眼光闪烁，脑袋宽大，头上披着又黑又稠的头发。他们整天游手好闲，仿佛是太平盛世无所事事的战士。他们的女人都很能吃苦耐劳，终日忙着家务活，为主子刷马、擦武器、耕田、打猎，除此以外，她们还抽空来编织那种翠蓝色的篷罩。总的来说，阿罗加尼亚人是一个不值得注意的民族，风俗相当粗野。人类所有的坏习惯他们几乎都有，他们只有一个美德，就是爱独立。

在“失望”中还能感到“十分愉快”，原因是能“任凭”他观察新奇的人物。充分表现了巴加内尔的孩子气。【心理描写】

“真是些斯巴达人啊！”巴加内尔散步回来后，跟大家围坐着吃晚饭时，再三地赞扬着。

几个钟头后，旅客们各自裹上篷罩酣然入梦了。

第二天早晨八点钟，“马德铃娜”在前，陪翁在后，那一小队人马又向东走上37°线的路了。他们穿过阿罗加尼亚那片到处都是葡萄和羊群的肥沃的地区后，所路过的地方人烟渐渐稀少了。有时他们遇到一所废弃的驿站，这是被平原上游荡的土人用作躲避风雨的地方。这一天有两条河——拉克河和杜巴尔河拦住了他们的去路。好在向导发现了一个浅滩，大家安然渡过了。这时，安第斯山脉已经在天际展开，现出一个个的圆顶和向北延绵的尖峰。这条山脉是整个新世界的巨大脊梁，现在所见的还不过是那巨大脊梁的最低部分。

下午四时，在一口气走了五十六千米路后，大家就在旷野一棵巨大的野石榴树下停歇了。骡子卸了缰，自由地跑去吃那草场上的嫩草。褡裢里有的是干肉和辣饭。把“皮量”铺到地上就是枕席，大家在这临时枕席上安睡，舒缓一天的疲劳，守夜工作由陪翁和向导轮流担任。

长途旅行开始得这样顺利，所以，大家就更勇往直前。两边依然是肥沃的土壤，盛产着宫人草、木本紫罗兰花、曼陀罗花和金花仙人掌，还有鹭鸶、鸥枭和逃避鹞鹰的黄雀与铁寨等一些本地区特有的鸟类。至于那些凶猛的动物，如南美豹等都蹲伏在丛莽中，不会影响到他们的旅程。

用“鬼影”来形容人，形象地写出了混血儿们骑马在平原上急速奔驰，眨眼间就从人们面前一闪而过的样子。【比喻修辞】

难得遇上几个印第安人和西班牙人的混血儿。他们的赤脚上拴着大马刺，骑着被刺得流血的马，在平原上奔驰着，像鬼影一般地走过去。路上找不到可以问话的人，因此绝对打听不到任何关于格兰特船长和不列颠尼亚号的消息。格利纳帆决定不做任何查访，因此，只好耐着性子，迅速前行。

道路比较崎岖些了，地面高低起伏，预示着前面要到山地了，河也多起来了，都随曲折的山坡汩汩地流着。巴加内尔不时看着他的地图，有些溪流地图上漏掉了。他看到某一条河在地图上没有标出来，就十分生气，头上几乎冒出火来，那样子又可笑又可爱。

以“冒出火来”极言巴加内尔“生气”的样子，突出人物的情态特征。【夸张修辞】

“一条河没有名字，就等于没有身份证！按地理学的法律上看来，它是不存在的。”

因此，他毫不客气地给那些没名字的河取个名字，在地图上记下来，并给每条河都加上西班牙语中一个最响亮的形容词。

“这样好的文字，你学了总有些进步了吧？”爵士接着问他。

“当然有进步呀，亲爱的爵士！啊！要不是因为音调问题的话！……只可惜还要有适当的音调才能叫人家听得懂！”

巴加内尔“地理学家”的名衔可不是徒有虚名。只要爵士问那向导一个问题，想知道当地的一个特点，他的博学的同伴总是抢在那向导前头把问题解答了，把特点说了出来，那向导瞪着眼睛看着他，惊愕极了。

这天近十点的时候，寻访队遇到一条路，与他们一直在遵循着的那条直线相交。格利纳帆爵士自然要问问这路名，自然又是巴加内尔回答出来了："这是荣伯尔通到洛杉矶的路。"

爵士看看那向导。

"完全对。"向导回答。

接着，他又转向那地理学家，问道："您到这地方来过吗？"

"当然啦！"巴加内尔一本正经地说。

"骑着骡子来的？"

"不，坐安乐椅来的。"

用"坐安乐椅"指代"看书、查地图知道的"，表现了巴加内尔幽默、诙谐的语言风格。【语言描写】

那向导一定听不懂这句话的意思，因为他耸了耸肩膀就回到队伍前面去了。

傍晚五点，旅行团来到一个不很深的山坳里休歇，这山坳在那小罗哈城的北边几里远的地方。当夜，他们就在山脚下野营，这些山已经是那条安第斯山的最低的阶梯了。

直到这时，横贯智利的人们还没有遇到任何严重的意外。但是现在，一个重要的问题必须在出发前先解决：由哪条路可以越过安第斯山脉而不离开原定的路线呢？大家问向导。

"在这一带高低岩，我只知道有两条路可走。"他回答。

"一定是过去曼多查发现的阿里卡那条路吧？"巴加内尔说。

"一点不错。"

“和维腊里卡岭以南的也就是叫做维腊里卡的那条路？”

“正是。”

“那么，朋友，这两条路都有一个毛病，不是过于偏北就是过于偏南。”

“你能找出另一条路吗？”少校问。

“有，那就是安杜谷小道，它的位置在火山的斜坡上，离我们的预定路线只差半度。这条小道是以前查密雕·得·克鲁兹探出来的，高仅两千米差一点。”

“只差半度”“仅两千米差一点”，用精确的数字说明了地理学家绝非浪得虚名。【用词准确】

“好，这条安杜谷小路，你认得吗？”爵士问向导。

“认是认得的，爵士，这条路我也走过。我之所以没有提到它，是因为它是小径，最多也只能勉强通过牧群，是山东麓的印第安畜牧人走的。”

“那么，朋友，我们就走这条小路吧。”

动身的信号立刻发出了，全队人马钻进了拉斯勒哈斯山谷。大约十一点光景，要绕过一个小湖，这小湖是一个天然蓄水池，是附近所有小河的汇流点，风景极佳。河水汩汩地流到这里，便消失在一片恬静中。湖上是一层一层的高原，长满了林草，印第安人的牛羊群就在那里放牧。山坡已经逐渐陡起来，乱石嶙峋的，石子在骡脚下滚着，形

以河水“汩汩”的声音与动感，衬托湖水的平静、安详，勾勒出一幅大自然河湖静美图。以动写静，动静结合。【烘托】

成一种哗啦啦的碎石瀑布。

山坡的坡度加大了，岩头的小路愈走愈窄，岸下的坑谷深得骇人。骡子谨慎地走着，鼻子贴着地，嗅着山路。人们一个一个排着前进。有时，拐了一个陡弯，“马德铃娜”不见了；也有些时候，任意曲折的山径把骡队折成平行的两行，领头的向导可以和压尾的陪翁谈话，其中隔着一条裂缝，宽不到二十米，深达几百米以上，形成平行的两队人马中不可跨越的鸿沟。

几块已经凝固的熔岩，呈现着铁青色，耸起针状的黄色结晶，人们一看就知道离安杜谷火山不远了。岩石一层层地堆砌着，摇摇欲坠。安第斯山的巨大骨架几乎不断地在摇动，因此常常改变着通行的路线，昨天认路的标识点，今天可能就不在原位置了。所以向导常常搞不清楚。停下来看看四周，辨认岩壳的形状，在那些易碎的石头上寻找印第安人走过的痕迹。

“信任骡夫”表现了爵士虽然有着古道热肠，一心要救助格兰特船长，却没有像巴加内尔那样的地理知识。【心理描写】

爵士一步一步地紧跟着向导。他想：骡夫应该和骡子一样，也有识路的本领，因此还是信任骡夫好。整整一个钟头，向导可以说是在彷徨着，但总是渐渐进入更高的地带。最后一堵云斑石的峭壁，呈尖峰状，拦住了出口。那向导找了一阵，找不出路来，于是下了骡子，交叉着胳膊，等候着。爵士向他走过来，问：“迷了路吗？”

“不是，我们还是在安杜谷那条路上。”

“你没认错吧？”

“您看这里是印第安人烧篝火留下的灰烬，那边是羊群马群走过的痕迹。”

“那么，这条路是人家走过的呀！”

“是的，但是现在走不过去了，最后一次地震把这条路堵死了……”

“堵住骡路却堵不住人路呀！”少校说。

“啊！这要看诸位怎么办了，我尽了我的力量了。如果诸位愿意往回走，再在这带高低岩里面找别的路的话，我的骡子和我，都准备一齐往回走。”

“那不是要耽搁了？”

“至少三天。”

爵士听着向导的话，一声不响。向导当然是按照合同行事。他的骡子不能再往前走了。然而，当向导建议往回走的时候，爵士回头看着他的旅伴们问：“你们愿意不顾一切地走这条路过去吗？”

“我们愿意跟您走。”奥斯丁回答。

“不要迟疑，还是向前走吧。”巴加内尔说。

“好，向前走！”爵士的旅伴们都叫起来。

“你不能陪我们走了吗？”爵士转过头问那向导。

“我是赶骡子的呀！”

“那就随你的便吧。”

“我们用不着他陪，到了峭壁那边，我们就可以再找到安杜谷的小路，我保证把你们引到山脚下，不亚于这一带高低岩的一个最好的向导员。”巴加内尔说。

于是爵士和那向导结了账，把他连他的陪翁和骡子都一起辞掉了。武器、工具和干粮由七个旅客分开背着。

困难的确很大，不过经过两小时的疲劳和周折七个人又走到安杜谷那条路线上了。这时，他们已经到了真正叫安第斯山的部分。但是，不论大路小路，都已无法辨认。最近的一次地震把这整个地区搗得天翻地覆，只能从山腰上隆起的石壳上一步一步地往山脊上爬。巴加内尔找不到可走的路，一时也有点不知所措，只好拼命爬到安第斯山的顶点。

爵士一行人爬了一整夜。那些几乎无法攀登的层层岩石，大家都用手扒着爬上去，那些又宽又深的缝穴，大家都跳了过去，胳膊挽着胳膊就算是绳子，用肩膀一个掮一个就算是梯子，这样冒着危险和困难的好汉就仿佛在表演着空中飞人。这正是健壮的穆拉地和灵巧的威尔逊大显身手的时候。这两名诚实的苏格兰人奔来跑去，到处出力，有好几次要不是他们两个那样的热诚和勇敢，那一小队旅客就过不去了。爵士不断地看着小罗伯特，他年纪小，叫人担心。巴加内尔呢，他带着法国人特有的那种狂热，不断地前进着。至于那少校，他该动的时候才动，不多不少，恰如其分，他若无其事，不慌不忙地慢慢向上爬着。

将大家的行动比喻成空中飞人的表演，形象生动地描绘出一行人翻山越岭时的艰难。【比喻修辞】

早晨五点钟时，他们已经到达两千三百米的高度了。有几只野兽在那里跳跃，如果猎人遇到它们的话，会欣喜若狂的，说不定会发大财呢。这些矫健的野兽见到人远远就跑。在那些野兽中，首先是那山区特产的骆马，还有一种大耳鼲鼠，看着这种灵巧的小动物在树顶上像栗鼠一般跑来跑去，真是可爱。

然而，这些野兽还不是山上最高点的居民。在三千米高的地带，雪区的附近，还有成群美丽无比的反刍动物：一种是羊骆，披着丝绒一般的长毛；还有一种是无角的山羊，身段苗条，气宇轩昂，毛很细致，动物学家称之为“未角羚”。不过这种小动物，你别说靠近它，就连看也不容易看到，它逃得和鸟儿展开翅膀一样快，在白得眼花的雪层上无声无息地一溜就溜掉了。

“身段苗条”“气宇轩昂”写出未角羚的外形特点。【拟人修辞】

破晓的时候，整个山区的面目变得虚幻不定。无数耀眼的大冰场，带点淡青色，在绝壁上耸立着，反射着黎明的曙光。这时爬山是很危险的，得先细心探测一下，摸到裂缝的时候，就不能冒险前进了。威尔逊已经跑到队伍的前面做先锋了，他用脚试探着冰面。同伴们都谨慎地踏着他的脚印走，并且避免高声谈话，因为声音稍微大点就会震动空气把悬在头上七八十丈高的大雪团震落下来。

旅客们只在八点钟时歇了一次，简单地吃点东西恢复恢复体力，然后又鼓起勇气冒着更大的危险继续向上爬。又要跨过刀尖一般的冰棱，又要爬过那令人看也不敢向下看的深坑。好些地方路边都插满了木头做的十字架，这说明这地方不断发生不幸的事故。午后快到两点时，一片光秃、荒凉得像沙漠一般的平地展开在险峻的峰峦中间。然而，那一小队旅客，可谓心有余而力不足了。爵士看到同伴们都已经精疲力竭，很后悔在深山里走得这样远。小罗伯特拼命与疲劳作斗争，但是委实不能再走了。三点钟的时候，爵士让大家停了下来。

·品读与欣赏·

横跨南美大陆的旅程是艰辛的，是巴加内尔的幽默和博学冲淡了旅途的寂寞无味，更是由于大家的互相帮扶，才克服了前进道路上种种的困难。本章情节没有出现大的波澜，像一首田园牧歌一样，平静、和缓，但也就是在这平静、和缓中，人们之间的友谊得到逐渐升温，为下一步遭遇到比较大的来自自然、社会的灾难时，大家的携手渡过准备好了感情基础。从这一点来说，这是人们之间情感的蕴蓄期。从小说的章法上说，是小高潮来临之前的准备期。

·学习与借鉴·

1. 心理描写：巴加内尔遭遇失败很沮丧，但在“失望”中还能感到“十分愉快”，原因是能“任凭”他观察新奇的人物。在看似矛盾的行为中充分表现了巴加内尔的“孩子”气。

2. 烘托手法：以河水“汩汩”的声音与动感，烘托湖水的平静、安详，勾勒出一幅大自然河湖静美图。以动写静，动静结合。

第七章　地震

小罗伯特真是个勇敢的孩子。当爵士心疼孩子而提议大家休息时，小罗伯特以满不在乎的样子，表示了自己还能坚持。

巴加内尔看到周围没有什么东西可以遮蔽，建议大家再走两个小时，那样或许可以找到个茅草棚子。

旅伴们一致同意了地理学家的意见。于是大家继续向东进发，往上爬，爬，直爬到最高峰。由于缺氧，血液失去平衡，从牙龈和嘴唇上渗出来。无论意志如何坚强，在这种时候，最勇敢的人都熬不住了，高山区那种可怕的病痛——昏眩——不仅削减了他们的体力，也削减了他们的毅力，和这种疲劳作斗争是免不了要吃亏的。不一会儿，摔跤的人越来越多了，一跌倒就站不起来，只有跪着爬。

“那儿有一座小屋！”少校突然喊道。

小屋只是雪地上凸出的一点，和四周的岩石混杂在一起，几乎看不出来。那小屋埋在雪里了，威尔逊和穆拉地拼命地扒了半小时才把那小屋的入口扒开了。全队的人都赶快挤了进去。

这小屋是印第安人用土坯建成的，正方形，长宽各有三米多，矗立在一块雪花岩的顶上，只有一个小门，门前有一个石梯，门虽狭窄，可一旦刮起飓风，雪花和冰雹依然钻得进去。

小屋里足可容纳十人，四壁虽然在雨季挡不住雨，此时却至少可以避一避零下10℃的寒气。此外，屋内还有一个灶炉和土坯烟囱，砖缝用石灰糊严了，用来生火取暖、抵抗外面的寒冷还是可以的。“总算有个栖身之处，虽然不很舒服，”格利纳帆说，“我们要感谢老天爷把我们引到了这里。”

“这是一座王宫啊！只可惜没有禁卫军和朝臣。我们在这里算是舒服极了。”巴加内尔说。

“尤其是灶炉里烧起一把旺火。”奥斯丁说，“我觉得，大家固然是饿了，冻僵更是吃不消，以我个人来说，能找到一把柴比能打到一些野味还要开心些。”

“好呀，我们想法子去找点东西来烧烧。”巴加内尔说。

“在这高低岩的顶上能找东西来烧？”穆拉地带着怀疑的神色摇摇头说。

“屋里既然有灶炉，外边就一定可以找到烧的东西。”少校回答。

“麦克那布斯说得对，你们布置一下，准备晚饭，我打柴去。”爵士说。

“我和威尔逊陪你去。”巴加内尔说。

“你们要不要我陪？”罗伯特爬起来问。

“不用，你休息休息吧，我的孩子。”爵士说。

格利纳帆、巴加内尔、威尔逊走出了那间小屋。此时是傍晚六点钟，虽然没有一丝风，但是，寒气却刺人肌骨。天已经转暗了，太阳已经在用最后的光彩抚摸着高原上的峰峦。这时他们是在三千六百米的高空。只要飓风或旋风来和他们捣乱一下，任何一个旅客也爬不过这新大陆的屋脊。

格利纳帆和巴加内尔走上一个云斑石的高岗，向四周的天边观看。他们这时正在峰峦叠嶂的最高峰上，放眼可以看得很远。

安杜谷火山，就在离那儿三千米以外的地方，它大张着喷火的嘴，像一只巨大的怪兽怒吼着。炽热的浓烟和奔流而出的褐色火焰使得四周的峰峦仿佛都着了火，天幕上白热的石雹、暗红的烟光、火红的熔岩，交织成一个硕大无比的万花筒。

巴加内尔和格利纳帆看着这一幕令人心惊的壮大场面，一时呆呆地站在原处一动不动。临时樵夫现在变成艺术鉴赏家了。不过威尔逊对此并不太感兴趣，他提醒他们要做的事。没有树木，他们在岩石上采集了很多干枯的苔藓巴和拉勒苔根。这些宝贵的燃料一拿回小屋里，就放进灶炉，堆了起来。

少校说:“水沸不需要100°，爱喝煮咖啡的人也只好将就点儿了，因为在这种高度，水不到90°就开了。”

少校果然没有说错，水沸时只有87°。大家喝了几口热咖啡，舒服极了，至于干肉，似乎有点不够分配。这使巴加内尔想起了一个不切实际的念头。

“我想起来了，骆马肉烤起来吃倒不坏！人家说骆马可以代替牛羊，倒想试试骆马肉是不是能代替牛羊肉！”

“怎么！”少校说，“这样的晚饭你不满足吗，大学者？”

“满足极了，我的好少校，不过我承认，如果有盘野味，我更欢迎。”

“你真是好享受！”

“你给我扣的这顶帽子我接受，少校，不过，你自己又怎样呢？你嘴里尽管说得好听，心里也未尝不想烤一块什么肉吃吃吧！”

“也许有这回事。”少校回答。

“如果有人请你去打猎，你能惧怕寒冷和黑夜，心甘情愿地去干吗？”

“那当然啦，你如果真这样想的话……”

大家还没来得及感谢他并劝阻他，已经听到一片吼声自远处传来了。吼声拖得很长，不是一两只野兽，而是成群的野兽向他们这边跑来了。难道老天赐了一个小屋，还要赐给一顿晚饭吗？格利纳帆却说，在高低岩这样高的地方绝不会有野兽出现的。

“没有野兽，这声音是哪里来的？”奥斯丁说，“你们没听见声音越来越近吗？”

“会不会是雪崩？”穆拉地问。

“不可能！明明是野兽的吼声。”巴加内尔反驳。

“我们去看看。”格利纳帆说。

少校拿起了他的马枪。

大家都钻出了小屋，夜已来临，阴森森的，满天星和月儿还没有出来。周围的峰峦都消失在夜幕中，只能看得出几座最高的峭岩像幽灵一般的侧影。吼声——受了惊的野兽的吼声——愈来愈大，就从高低岩的那片黑暗中涌来，究竟是怎么回事？……忽然，一片东西排山倒海地崩落下来了，不是雪崩，而是一群受惊的野兽。整个高山都仿佛在颤抖。涌来的野兽数以万计，虽然空气稀薄，奔腾声、叫嚣声还是震耳欲聋。这一阵动物的旋风正从他们头上几尺高的地方卷过去，格利纳帆、麦克那布斯、罗伯特、奥斯丁和两个水手赶快伏倒在地上。巴加内尔是个夜盲症，他站着，要看看究竟是什么东西，结果一眨眼就被弄得四脚朝天。

这时，忽然砰地一声，少校摸黑放了一枪。他觉得有一只野兽倒在离他几步远的地方，而整个兽群乘着不可抑制的势头奔去，响声更高，在那火山一带的山坡上消失了。

“啊！我找到了！”一个声音在说，那是巴加内尔的声音。

“你找到了什么呀？”爵士问。

“找到眼镜呀！在这阵混乱中没丢一副眼镜，总算造化！”

“你没受伤吧？……”

“没有，只被踩了几脚。不晓得是什么东西踩的。”

“就是这东西踩的。”少校拖着他打死的野兽说。

大家赶快跑回小屋，借着炉火的红光仔细研究少校一枪的收获。巴加内尔一看就叫了起来。

“一只原驼呀！”

“原驼是什么？”格利纳帆问。

“能吃的兽。”巴加内尔回答。

“好吃吗？”

“味道好极了，一盘佳肴。我早就晓得晚上有好肉吃哩！多好的肉啊！谁剥皮呢？”

“我来剥。”威尔逊说。

“好，你剥我烤。”巴加内尔接着说。

“您还会做厨子吗，巴加内尔先生？”罗伯特问。

“我是法国人，还能不会做厨子吗，我的孩子？法国人生来就有一双厨子手啊！”

五分钟后，巴加内尔就把大块儿的兽肉放在拉勒苔根烧成的炭火上了。

过了十分钟，他就把他的“原驼肋条肉”烤成开胃适口的样子，敬给旅伴们吃。大家都不客气地接了就满口大嚼。

但是，使地理学家非常惊讶的是：大家才吃了一口就“哇”地一声，脸上的肌肉都纠结在一起。

“难吃呀！”这个说。

“吃不得啊！”那个说。

那可怜的学者虽然满肚子不高兴，也不得不承认他那烤肉连饿鬼也咽不下。大家开始嘲弄他，拿他那“佳肴”开玩笑了。他当然知道大家在嘲弄他。他只得找出理由来解释为什么本来真正是好吃的原驼肉，一到他手里就变成这样的怪味道。忽然他灵机一动，想出了一个理由：

“我想起来了，”他大叫着说，“是的，我想起来了，我找到原因了！”

“烤得太过火了吧！”少校镇定地问。

“不是烤得太过火，是跑得太过火了！我怎么就忘记了这一点呢？”

“什么叫‘跑得太过火’了呢，巴加内尔先生？”奥斯丁问。

“‘跑得太过火’嘛，就是指原驼在休息时打死的才好吃。刚才它跑得这么快，肉就吃不得了。我根据它的肉味就可以断定它来得很远，因此那一群原驼都来得很远。”

“这是真的吗？”格利纳帆问。

“绝对是真的。”

“那么，是什么事，是什么现象会把这群动物吓成那样子，在它们应该安安静静睡在窝里的时候逃了出来呢？”

“关于这一点，我亲爱的爵士，我无法回答。如果你相信我，你就去睡觉吧，别再追问了。我要打瞌睡了。我们睡吧，少校？”

说到这里，大家都裹上篷罩，添上火，各色各样的鼾声都来了。格利纳帆睡不着，他内心的不安使他难以入睡。他不由自主地又想起那群野兽朝一个方向逃，又想到它们那种不可理解的惊骇。那些原驼不可能是被猛兽赶着的呀，像这样的高度，猛兽根本不多，要说猎人吧，更少了。是一种什么样的恐怖把它们赶向安杜谷的深坑呢？恐怖的原因何在呢？格利纳帆预感到不久会有灾难到来。

他看看表，正是凌晨两点。突然，哗啦啦一阵震耳欲聋的冲撞声猛裂响起。格利纳帆忽然觉得脚底下的地面在陷落，看见小屋在摇摆，在崩裂了。

“逃命啊！”他叫起来。

旅伴们都醒了，七颠八倒地滚作一团，落到一个陡坡上。天亮了起来，眼前的景象真是骇人。群山的面貌忽然都变了：许多圆锥形的山顶被齐腰斩断了，尖峰摇摇摆摆地陷落下去，不见了，仿佛脚下的地面忽然开了门。整个的一座山，有儿英里路宽，在移动，移动，向平原的那面涌过去。

“地震啊！”巴加内尔叫了一声。

七个人都用手攀着苔藓，拼命地扒住那座平顶山头的边缘，头晕眼花，惊慌失措，而那个大山头正以特别快的速度向下驰行。叫也叫不出，动也不敢动，逃也无可逃，止也不能止。地下的隆隆声，雪崩的霹雳声，花岗岩和雪花岩的冲击声，碎了的雪块旋舞的呜呜声，这一切使他们没有任何办法打招呼。有时，那座山无阻滞、无碰撞地向下滑行着；有时，它颠簸起来，前仰后合，左摇右晃，像船在海浪里一样。它打那些无底深坑的旁边经过，大块儿的石头纷纷落到深坑里去。它沿途把千年古树都连根拔起。一切凸出地面的部分都被铲平了，像一把巨大的铁锹一样，把安第斯山东麓铲成了一片光滑的斜面。

这一阵难以形容的陨落究竟要持续多久呢？谁也估计不出。要陨落到哪个深渊里去呢？谁也不敢预言。七个人是不是都还在原地方呢？是不是都还活着呢？有没有人已经被摔到旁边的深坑里去了呢？谁也不知道。他们都被奔驰的速度窒息了，被彻骨的寒气冻僵了，被旋在天边的雪花迷住眼了，个个都气喘吁吁地仿佛整个身体都毁灭了，几乎没有生气了，他们之所以还能扒住岩石，也只是求生的本能在做最后挣扎罢了。

突然，砰地一撞，无比猛烈，把他们震出了那巨大的滑行的平顶山。他们被扔向前去，在山脚下的最后几层坡上直滚。那座滑行的平顶大山轰然止住了。

·品读与欣赏·

人们终于爬上了安第斯山的山顶，终于可以在艰难的攀登中歇上一口气了，而这时正好少校又找到了一间可以作为暂时吃饭、休息的小屋，一切都是那么和谐、完美。大家在一起可谓是其乐融融。突然一场巨大的灾难以大批的原驼奔腾而来揭开了序幕，大地震来了！人们的生命、友谊、人格面临着前所未有的考验！平静之中，风波骤起。小说情节在经历了一段相对平静的发展之后，此时进入了一个小小的高潮。节奏由缓到急，田园牧歌变成了十面埋伏。

·学习与借鉴·

1. 拟人修辞：用“抚摸”描写傍晚太阳的余晖照在高原的峰峦

上的景象，形象贴切、逼真，给人一种充满安详、慈爱的感觉。

2. 场面描写：用“四周的峰峦仿佛着了火”“交织成一个硕大无比的万花筒”写出安杜谷火山与附近山峦在傍晚时分显示出来的雄伟、壮观的景象，撼人心魄。

3. 用词准确：用一个“涌”字准确点出已经预测到巨大灾难即将来临，野兽极度恐惧的吼声由远而近地传来时的情景。

第八章　失踪的孩子

过了好长时间，没有一个人能动弹一下。

少校第一个爬了起来。他拂了拂那迷眼的灰尘，向四周看了看。小山窝里，他的旅伴们横七竖八躺了一地。少校挨个数着人数，却没有发现罗伯特·格兰特的影子。

那是早晨八点钟的时候，格利纳帆和旅伴们在少校的急救下，渐渐地苏醒过来。好在他们不过是受了震动而昏厥过去，没有其他的损伤。他们总算爬过了那条巨大的高低岩，一直爬到山脚下。要不是少了一个人，少了年幼的旅伴罗伯特，大家对于这种乘着自然力，不动脚就能下山的办法，一定都会鼓掌称快的。格利纳帆一听到罗伯特失踪就急坏了，他想象着这可怜的孩子一定在某个地方，正在声嘶力竭地呼唤着他。

“朋友们，我的朋友们。”格利纳帆几乎声泪俱下地说，“我们非去找他不可，非找到他不可！所有的山谷，所有的悬崖，所有的深坑，我们都要找到底！老天爷保佑罗伯特还活着吧！丢了他，我们还有脸见他的父亲吗？”

旅伴们听着他的话，都没有回答。他们感觉到格利纳帆在望着他们，是想从他们的眼光中找出一丝希望来，因而他们都把眼睛低下去了。

“到底怎样啦？！”格利纳帆又说，“你们听见我的话了吗？你们为什么都不开口？你们都认为毫无希望了吗？毫无希望了吗？”

一连串的问话，反映出格利纳帆爵士说话时内心的激动、焦急。【语言描写】

又是一阵沉默。还是少校先开口：“朋友们，你们谁还记得罗伯特是什么时候不见了的？”

没有一个人回答。

“至少，”少校又说，“你们总可以告诉我当这高低岩下崩的时候，那孩子在谁的身边？”

“在我的身边。”威尔逊回答。

“那么，好，直到什么时候你还觉得他在你的身边呢？仔细想想！”

“我们跟着山崩，最后不是一撞吗？一撞之前不足两分钟的时候，罗伯特·格兰特还在我的身边，两手还抓住苔藓呢。”

“不足两分钟！可要注意啊，威尔逊！那时每分钟都觉得是很长的！你没记错吧？”

“我想不会记错，……是的……不足两分钟！”

“好！”少校说。“罗伯特那时是在你的左边还是在右边呢？”

“在我的左边。我记得他的篷罩还拍着我的脸。”

“你自己呢？你在我们的……”

“也在左边。”

“那么，罗伯特只可能是在这边失踪的，”少校一面说，一面脸朝着山，指着右边，“我还可以断定，就他失踪的时间而论，那孩子应该是掉在距地面三千米以内的这一部分山里。我们要找就应该在这一部分找，每人找一个地带，我们会在这一部分山里找到他的。”

六个人立刻站在不同的高度，开始寻找。他们始终在那下崩路线的右边找，连最小的石缝也搜了搜，那些悬岩下的深坑已经部分地被迸落的碎石填起来了，他们直下到坑底下去寻找，不止一个人冒着生命的危险跑下去，撕破了衣服，刺破了手脚，再血淋淋地爬出来。没有一个人想中途休息一下，但是一切努力都是白费的。

下午快一点的时候，格利纳帆和他的旅伴们都精疲力竭了，又回到原来的山谷中。格利纳帆万分悲痛，他不说别的话，只是叹息着：“我不走了！不走了！”

“我们休息一下吧，”巴加内尔对少校和奥斯丁说，“恢复恢复体力，不论是再寻找下去还是继续走路，都有休息的必要。”

“是的，既然爱德华要这样，我们就留在这里吧！”

“可怜的罗伯特！”巴加内尔擦着泪。

山谷里的树很多。少校选了一丛高大的树，在底下搭了临时帐篷。他们剩下来的东西只有几块盖布、全部武器、一点干肉和冷饭。穆拉地就在草地上生了火，但是格利纳帆不吃不喝，非常沮丧地躺在篷罩上。

这一天就这样过去了。像昨夜一样，四周静静的，很安宁。当旅伴们躺着休息的时候，格利纳帆又爬上了高低岩山坡。他侧耳倾听着，希望能听到呼唤声。他独自一人走得很远、很高，时时把耳朵贴着地，听着，听着，忍住心头的跳跃，并且用失望的声音呼唤着。那可怜的爵士在山里徬徨了一整夜，千声万声的“罗伯特！罗伯特！”只引起一些重复这呼喊的回声。

通过爵士的一系列动作如“侧耳倾听”“贴着地”“听着”“忍住”“呼唤”刻画出他寻找同伴时的仔细与徬徨不安。【动作描写】

天又亮了，人们不得不跑到遥远的山岭上去找格利纳帆，并且不由分说地把他拉回帐篷。他那失望的样子实在可怕，谁敢向他说出一个“走”字？谁敢向他提议离开这伤心的山谷？

少校想要把爵士从悲痛中解脱出来，他劝说了很久很久，格利纳帆都仿佛没有听见，只是摇头。但有时他也挤出几个字来：

“走么？”他说。

“是的，走。”

“再等一个钟头！”

“好，再等一个钟头。”可敬的少校回答。

一个钟头过去了，爵士又恳求再给他一个钟头。看他那样子就仿佛是死囚

用死囚恳求延长生命作喻，来和爵士恳求继续等同伴的消息作类比，形象地描绘出爵士的悲伤、失望却又不甘心、不愿放弃的心理。【对比修辞】

在恳求再延长他一个钟头的生命一样。就这样，一个钟头又一个钟头过去了，约莫挨到正午了。这时，少校根据全体的意见，不再迟疑，干脆告诉格利纳帆说非走不可了，粮食没有了，全体旅伴的生命都靠他的迅速决定。

“是！是！”格利纳帆回答，“我们走吧！走吧！”

但是，一面说着，一面却把眼睛从少校那边转了过去。他的目光盯住天空中的一个黑点。突然，他把手举起来，指着，一动也不动，像中了风似的。

“那儿！在那儿，你们看！看！”他说。

大家都朝天上看去，顺着他那坚决指定的方向。这时，那黑点眼看着越来越大了。原来是一只鸟在很高很高的天空中飞翔着。

“一只兀鹰。”巴加内尔说。

“是的，一只兀鹰，它来了！它下来了！等一等！”格利纳帆回答。

格利纳帆希望什么呢？难道是神经错乱吗？巴加内尔看得不错，那兀鹰越来越清楚了。这种大鸟，过去曾被当地的酋长们奉为神明。它们在这区域里长得异乎寻常的庞大。它们的力量大得惊人，能把牛抓起来，丢到深谷里。所以，这空中之王，在那种高度上，人们最好的眼力也看不见它，而它却用锐利的眼光俯瞰着地面，辨得出最细微的物体，其视力的强大使所有的生物学家都惊叹。

这只兀鹰看见了什么呢？看见了一具死尸吗？是看见了罗

伯特的死尸吗？格利纳帆目光不离那兀鹰。那庞大的鸟越来越近，有时盘旋，有时像一个抛在空中的物体，急速下落。不一会儿，它在离地不到两百米高的地方绕了几个大圈子，矫健的两翼浮在空气中几乎不动。少校和威尔逊都已经抓起了他们的马枪。格利纳帆用手势制止了他们。那兀鹰在距他们不到四分之一英里的地方，绕着山腰上一个不可攀登的平岭盘旋，快得令人头昏。

通过“盘旋”“下落”“绕圈子”“浮”几个动词，准确描摹出兀鹰在发现猎物时盘旋飞翔的样子。【动作描写】

“就在那儿！那儿！”格利纳帆叫了起来。

然后，忽然转了一个念头，又惊叫一声，说：“如果罗伯特还是活着的呢！……这兀鹰会……开枪！朋友们！开枪！”

说时迟，那时快，兀鹰已经绕到高耸着的一排山峰后面去了。过了好像有一百年那么久的一秒钟，兀鹰又飞了过来，带着重载，冉冉地上升。一片惊骇的叫声响起来了，兀鹰的爪下是一具死尸，悬挂着，摆动着，那正是罗伯特·格兰特！那兀鹰抓着他的衣服左一摆右一摆地飞到距帐篷不到四十五米高的上空，它也看见那些旅客了，激烈地鼓着翅，搏着风，想带着它那沉重的猎物扬长而去。

“啊！”格利纳帆大声呼叫，“宁可让罗伯特的尸体在岩石上摔碎，也不能让那兀鹰……”

他话没说完就抓起威尔逊的枪，想瞄准那只兀鹰。但是他的胳臂发抖，枪抓不稳，眼睛又发花了。

“让我来！”少校说。

但是他的手还没有扳动枪机，山谷里就砰地传来一声枪响，一道白烟从两座雪花岩之间冒出来。那只兀鹰，头中了枪，打着转慢慢下坠，张着大翅膀像个降落伞。它没有放下它的猎物，但是下落时却悠悠扬扬地，落到离河岸约十步远的地方。

“落到我们的手里了！落我们的手里了！”格利纳帆惊喜地连连叫喊。

·品读与欣赏·

一场突如其来的地震不仅让山河移位，而且让同行的几个伙伴经历了一次生死离别的考验，也让同伴们之间的情谊经历了一次严峻的考验。少校把横七竖八震落在山沟里的同伴一个个救醒，却发现唯独少了小罗伯特，于是便有了大家满山遍野寻找小伙伴的身影，于是便有了暮色中爵士几近疯狂的呼喊：“再等一个小时”。“再等一个小时”的结果，是兀鹰帮大家找到了小罗伯特的尸体。这让陷于极度痛苦的爵士暂时找到了一点心灵的慰藉。至此，情节发展过程中一个小小的高潮，渐渐平息了下去。

·学习与借鉴·

1. 夸张修辞：用“一百年那么久”来写“一秒钟”，极言人们在等待事情结果时焦急难耐的心情。夸张而不失实，确切地表现了当时情境下人们“度秒如年”的内心感受。

2. 动作描写：大家发现小罗伯特失踪了，立即开始寻找。“直下”“跑下去”“爬”几个连续性的动词，把同伴们不顾危险寻找小罗伯特时焦急的情态写了出来，反映出他们之间深厚的情感。

3. 情节设计巧妙：正当大家放弃寻找小罗伯特的时候，发现空中兀鹰抓着罗伯特。这样的情节设计，既符合实际，又出人意料，同时具有科幻小说和探险小说的特征。

第九章　巴塔戈尼亚人

兀鹰已经死了。罗伯特的身体被它宽大的翅膀掩盖着。格利纳帆扑到孩子的尸体上，把他从鹰爪下拖了出来，放在草地上躺着，把耳朵贴到他的胸口上听。从来没有过比这更响亮得惊人的欢叫声从他的口里发出来：“还活着呢！他还活着呢！”

一盆冷水浇在罗伯特的脸上。他动了一动，睁开眼，看了看，说出话来，他只是说：“啊！是您，爵士……我的父亲啊！……”

格利纳帆的眼泪刷的一下就流了下来！

在离河五十步的地方，一个身材高大的人在山脚上的高岗上站着，一动不动。这人脚边放着一支长枪，肩膀很宽，长头发用皮绳扎着，身材在两米以上。古铜色的脸，眼睛和嘴之间涂着红色，下眼皮涂着黑色，额头涂着白色。那是个当地土人，模仿边区的巴塔戈尼亚人的装束，披着一件漂亮的大衣，上面绣着红色的阿拉伯式花纹，大衣是拿原驼的颈皮和腿皮由驼鸟筋缝起来的，细茸毛翻在外面。大衣里头是一件紧身的狐皮袄子，前襟向下呈尖形。腰带上悬着一个小袋，装着涂脸用的颜料。靴子是牛皮做的，用皮带交叉绑在小腿上。刚才的一枪就是他放的。

少校一瞥见就指给爵士看。格利纳帆立刻向那人跑过去，那人向前走了两步迎上来。

这个土著人叫塔卡夫，专门为草原旅行者做向导。这真是天缘巧合，像是上天特意安排来帮助大家的。

爵士从塔卡夫的说话中听到几个西班牙单词，于是兴奋地让巴加内尔过来当翻译。可是，无论是塔卡夫还是地理学家，谁都听不懂对方的话。尽管巴加内尔费尽了九牛二虎之力，土著人竟没有任何回应。巴加内尔急了，于是认定塔卡夫说的是阿罗加尼亚语。最后，还是在一边看二人交流的少校看出了破绽。

“你说的是西班牙语吗？”

“千真万确！”巴加内尔不服气，他摸了摸口袋，拿出一本破旧的书来，递给少校。

“您看吧，我每天都照着它来念，怎么会念错呢？”

少校接过书，问道：“书名叫什么？”

“《卢夏歌》，一本很辉煌的史诗。”

“《卢夏歌》？！”爵士重复一句，“它的作者可是葡萄牙诗人！”

巴加内尔一脸的诧异，事实证明，我们粗心的地理学家多少天来孜孜学习的“西班牙语”原来是葡萄牙文！

看到爵士一行人的食物和交通工具告急，塔卡夫带着爵士和巴加内尔到附近的印第安人集市买了七匹阿根廷矮马，以及一百斤干肉、一些大米和几只盛水的皮桶。

第二天，也就是10月22日，八点左右，大家跟随塔卡夫开始了下一段征程。

巴加内尔真不愧是位学者，在他认识到自己的所学为葡萄牙语之后，立刻改弦易辙，真正地开始学习西班牙语了。在路上，巴加内尔想尽一切办法，连说带比画，用不熟练的西班牙语和塔卡夫说明了此次行程的目的，并问他可曾听说有外国人落到草原的印第安人手里。没想到，塔卡夫还真听说过有欧洲人被某个部落俘虏的事。那是科罗拉多河与内格罗河之间的一个游牧部落。虽然他没有亲见过，但是草原一带的印第安人都夸那个欧洲人很勇敢。

塔卡夫只说了个大概情况，但从那个欧洲人被俘的地点和时间，以及印第安人对欧洲人的评价，已经足以证明那就是格兰特船长！

寻访的线索开始变得清晰明朗，每个人心中都燃起新的希望。为了能够早日见到格兰特船长，他们快马加鞭，晓行夜宿。每天早晨规划好线路之后，便立即赶路。26日晚上，他们抵达科罗拉多河河畔，然后穿越潘多帕大草原。

大草原一路平坦，辽阔无边。方圆上百英里之内，连一块石头都没有，马儿在上面跑得非常快。只是潘多帕大草原位于南纬34°与40°之间，又地处内陆，气候可以说是变化无常，而十月份正好是那边的夏季，天气异常干燥，气温非常高：这给旅行增加了不少难度。

一天，热浪滚滚，烤灼得大家十分难受。当他们行至由卡门通到门多萨的一条小路上时，只见前面路上一堆堆白骨遍布各处，在阳光的照耀下竟然有些晃眼——那是无数头牛的骸骨。巴加内尔告诉大家说，那些牲畜是被天火烧死的，草原上的雷电能在很短时间内将几百头牛一起击毙。如果在从前，大家肯定难以置信，但现在他们已经见识过草原酷热的天气，见怪不怪了。

炎热的天气一直持续着，连马都喘息不停。当他们经过盐湖时，没想到盐湖一片干涸，不仅如此，连那些注入盐湖的湖泊溪流，也是一滴水都没有。大家全都傻了眼，连平时冷静沉着的塔卡夫也紧锁眉头。如果不尽快找到水源，大家肯定没有体力走出草原。

塔卡夫告诉爵士，沿着37°纬线往前走三十英里左右的地方有条瓜米尼河，这是最近的水源。如果那儿也没水的话，就得另寻出路，但肯定会偏离现在的线路。爵士听后立刻作出决定，兵分两路。座下的马体力尚且好的，去找水源，马匹出现无力症状的，一点一点往前挪。

在任何时候，爵士总是一马当先的。他首先提出愿意和塔卡夫一同前往，罗伯特听后也嚷着要去。

“爵士，请您也带上我吧！”

“孩子，我们走得快，你跟不上我们的。”爵士说。

“没问题的。我的马好着呢，老是想往前蹿，我拉都拉不住……求求您，一定要带上我，我保证不会给你们惹麻烦。”

看着孩子恳求的样子，爵士的心一下子就软了：“孩子，那就去吧！”

于是，三个人纵身上马，扬长而去。一路上，三匹马跑得很是欢实，一点都不知疲倦，好像知道主人的使命一样。

塔卡夫跑在前面带路，但不时回头看看罗伯特。

罗伯特表现得可真不错，虽然年纪小，在马上却沉着不乱。他的肩膀微侧，两腿自然下垂，双膝紧紧贴着马鞍，像是个一流的骑手，英姿飒爽。

午后时分，周围的空气变得温润起来，马儿也明显兴奋起来。不一会儿，只见远处一道白茫茫的水线，在阳光下闪闪发光。

“水！”三个人同时欢呼起来。

几分钟工夫，他们就来到河边。人和马尽情畅饮，仿佛第一次知道水有这么好喝。

随后，他们就找了个废弃的小院子安顿下来，备上充足的食物，等待后面的人马。

这一夜终于可以睡个踏实觉了。他们困得不行，直挺挺地躺在草地上，很快就进入甜蜜的梦乡。可是，将近十点钟的时候，警觉的塔卡夫突然醒来。他听到有声响从草原上传来，像是野兽。他看了一眼火堆，显得更加焦虑，因为干苜蓿已经不多，很快就会烧完。此时，他的桃迦马开始嘶叫起来，也感觉到了敌人的迫近。

塔卡夫起身走出院子，发现周围许多黑影在苜蓿的掩盖下，不声不响地走动。流光闪烁，随即越聚越多，像是萤火虫一样。塔卡夫终于明白是什么样的敌人。他立刻将子弹上膛，躲在一根柱子后面注视着敌人的动静。

凄厉的嗥叫声响起，接着是砰的一声枪响，而嗥叫随即变成骇人的怒吼。爵士和罗伯特被惊醒，他们一骨碌爬起来，急切地问道：“出什么事了？”

“有红狼。”

爵士听了，心里一怔。如果是成群结队的红狼，凭三个人的武器，哪怕再厉害，也难以对付，更何况子弹已经不多，白天打猎用去不少。不过他没表现出心里的担忧，而是赶紧叫罗伯特拿上枪，跑到塔卡夫身边，一起把守着入口。

狼群的包围圈在逐渐缩小，马匹惊吓不已，昂头嘶叫，企图挣脱绳索跑出去。一只胆大的红狼冲上前来，被塔卡夫一枪打倒在地，其他狼吓得赶紧后退。趁此机会，塔卡夫将院子里所有能点燃的东西堆在入口处，霎时间一个火团腾的一声燃起来，映红了一片。火墙将红狼阻挡在外，同时也激起它们更大的愤怒。陆陆续续又有十来只狼被击毙，红狼好像没有了之前的嚣张，但子弹即将用完，火墙的火势也逐渐在减弱。

凌晨两点的时候，塔卡夫往火堆上加上最后一把柴火，而此时子弹只剩最后五发。

爵士看着罗伯特天真的样子，想到所有他钟爱的人以及未完成的任务，难以抑制的悲痛涌上心头。他把罗伯特紧紧地搂在怀里，两行热泪不由自主地流了出来。

罗伯特憨憨地看着爵士，说道：“我不怕！”

“对，不怕！我们一定能熬到天亮！”爵士回答道。

人狼大战已经进入最后关头。火苗越来越小，狼群随时都可能猛扑过来。塔卡夫射出最后一颗子弹后发现，狼群突然消失，大草原又恢复了平静。原来红狼改变策略，改成后攻和侧攻。

院子四周的柱子被狼咬得咯咯直响。健壮的狼爪和血盆大口正从柱子缝隙中伸进来。此时的塔卡夫像一只困兽，在院子里直转圈子。突然，他冲到他的桃迦马面前，解开绳索，冲着马大声喊道：“我的好马，和我一起把狼引开！”

爵士听懂了他的大致意思，顿时感动不已。他拉住塔卡夫，指着其他两匹马，表示三个人一起往外冲。塔卡夫坚决地反对道：“不行，那两匹马是劣马，桃迦不怕，它是骏马良驹。”

“那就让我来吧！罗伯特交给你了！”爵士说着，一把抓住桃迦马的缰绳。

“不行，还是让我来！”塔卡夫不肯退让。

正当他们俩拉扯之际，桃迦马急不可耐地跳过大墙和狼尸，然后传来一个孩子的声音：“我去了，爵士。”

只见罗伯特纵身一跃，骑上桃迦马，飞似的消失在茫茫夜色中。狼群见有马蹿出，急忙一窝蜂地追上前去。

塔卡夫和爵士追出院子，只见一道红线如闪电般远去。爵士悲痛欲绝，无力地瘫软在地，塔卡夫却胸有成竹，说："您别担心，桃迦马是匹宝马，罗伯特又聪明灵敏，肯定不会有危险的。"

可是爵士怎么也放心不下，心里乱得很，像一团乱麻。

凌晨四点，东边开始泛白。塔卡夫叫上爵士一起去寻找罗伯特。

他们纵马奔驰了一个小时左右，什么都没有发现，反倒是听到了巴加内尔他们信号枪的声音。两路人马一会合，爵士一眼就看到了队伍中的罗伯特，依旧活泼快乐。

"我的孩子，快过来！"爵士怜爱地连声叫道。

他们同时跳下马，紧紧地拥抱在一起，像父子一样亲昵。

"你还小，不能这么去冒险。"爵士嗔怪道。

"我已经是个男子汉了，难道不应该这么做吗？塔卡夫已经救过我的命，而您正要去救我的父亲！"罗伯特激动地说。

吃饱、喝足、休息够了，大家劲头十足。11月4日，他们到达阿根廷的平原区——布宜诺斯艾利斯省。从10月14日离开塔尔卡瓦落湾，到现在足足走了二十二天，约四百五十英里，也就是说，他们胜利走过了其中的三分之二路程，希望在即。

在阿根廷十四个省中，布宜诺斯艾利斯省是最大、最富饶的。这里土地肥沃，气候宜人，遍地是禾本草类植物和高大的蔬菜。

在这一带，塔卡夫期望能够遇上俘虏格兰特船长等人的印第安人酋长。因为在往日，总会看见印第安人成群结队地走过，非常热闹。可是这一路上，不仅见不到印第安人的身影，就连他们的足迹都难以寻到。

塔卡夫不确定印第安人部落里到底发生了什么事情，于是建议继续沿着37° 线往东走，因为在大约六十英里处，有一个叫独立堡的地方，在那里能打听到比较详细的情况。

满怀希望的爵士在了解这一意外情况后备感失望，显得心事重重。他在心里思量着，平时这里印第安人很多，现在一个人都没有，说明了什么问题？一定是有什么特殊情况迫使他们离开这里。更严重的是，如果格兰特船长原来是在这一带某个部落里做俘虏，那么他现在是被带到北方还是南方了呢？无论如何一定要掌握船长的动向，不然以前的线索就断了。想来想去，还是觉得应该以塔卡夫的意见为上策。到了独立堡，总能问出个什么来，比在这儿胡思乱想要强。

一行人又继续前行，两天后抵达坐落在坦狄尔村的独立堡。他们找了家干净的客栈，稍作休息后，开始了他们的寻访活动。

很快，他们就找到了堡内的驻军司令。司令的名字叫马努埃尔，五十岁左右，体格健壮，很有军人风度，八字胡，高颧骨，头发灰白，目光炯炯。他非常热情，健谈，更巧的是，他还是法国人，因此打听起来非常方便。

巴加内尔用法语向他描述了这次旅行的经过，并向他打听印第安人的动向。

“你们应该也看到了吧！一个人都没有！”司令耸耸肩，回答道，“这样一来，我们驻军就变得没事做了！”

“那究竟是怎么回事？”

“打仗嘛！巴拉圭人和布宜诺斯艾利斯人打起来了……”

“打了以后呢？”

“印第安人趁此机会全都跑到北方搞抢劫去了，这些印第安人，就是一群强盗！”

“那他们的酋长呢？”

“也和他们在一起啊。”

“请问阁下，您可曾听说这一带有欧洲人做了印第安人的俘虏吗？”少校问。

“有。”马努埃尔回答，格利纳帆像是看到了新的希望，情不自禁地叫了一声。

“请说！请说！”大家的目光齐刷刷地盯着马努埃尔。

“都几年过去了。”马努埃尔回答，“确实是欧洲俘虏……但是没有亲眼看见，只是听说而已。”

“几年以前吗？”格利纳帆说，“您是不是记错了？船是在1862年6月失踪的，距今不到两年时间。”

接下来的对话越来越和爵士一行人寻找的对象不相符合。

一阵沉默。大家怀着同样的心情在想着命运未卜的格兰特船长。

“那您听没听说三个英国人被俘的事情呢？”塔卡夫很不甘

心，继续问那位驻军司令。

“从来没有过，只要有类似的传闻，我肯定会知道的。”马努埃尔很肯定地说。

听完马努埃尔干脆的答复，格利纳帆爵士觉得完全没有必要在独立堡停留了。于是他们便和马努埃尔握手致谢，告别了。

在回客栈的路上，格利纳帆爵士情绪特别低落。罗伯特一声不吭地跟随在他身后，泪眼汪汪，可是此时的爵士找不到一句话来安慰他。巴加内尔在自言自语，不知道在嘟囔些什么。少校双唇紧闭。而塔卡夫呢，因为找错了线索，觉得有损于他那份印第安人的自尊心，一脸的不悦。其实错误并不在他，谁也不会去责怪他。

晚饭后，巴加内尔提出要再看一看那几封信，弄清楚问题到底出在哪里。

“信件对格兰特船长的沉船经过的地点和被俘地点，讲得再清楚不过了。就在这里！”格利纳帆强调道。

“不一定！”地理学家敲着桌子回答，“既然这一带没有他们的消息，那就说明他们不在美洲。相信信件会告诉我们答案。你们放心吧，要是找不出答案，我就不是巴加内尔！”

· 品读与欣赏 ·

塔卡夫是智利安第斯山土著人，他精准的一枪挽救了小罗伯特的性命。从此，他便与寻访小队结上了关系。虽然大家之间的交流靠着巴加内尔那磕磕巴巴的翻译进行，但相互之间的真诚却使得塔卡夫很快就融入了这个和谐的团队，并与大家建立了亲密的友谊。瓜米尼河畔大战红狼的场面，再次给稍显平淡的旅途带来一次惊心动魄的紧张与刺激。小说的情节也再次掀起一个不大不小的波澜。善良、重义的人性光辉也在紧张的人兽冲突中得以淋漓展现。

·学习与借鉴·

1. 借代、比喻修辞兼用：罗伯特骑上桃迦跑了，塔卡夫和爵士追出院子，只见一道红线如闪电般远去。“一道红线”代指桃迦，“闪电般”比喻奔跑速度之快，一句之中同时运用了两种修辞方法。

2. 场面描写：造访独立堡的结果令大伙儿非常失望，每个人都以自己的方式表现出内心对此事的感受。人物的个性特征也从中得到了比较突出的体现。

第十章　洪水来了

独立堡和大西洋相距约二百四十千米。如无意外耽搁——这种耽搁的可能性确实不大，格利纳帆一行四天后就可以和邓肯号会合了。但是，他的寻访就这样彻底失败了吗？没有找到格兰特船长而独自回到船上去吗？这样总是十分不甘心的。

第二天，格利纳帆无意发出起程的命令。还是少校替他负起责任来，他备了马，办了干粮，定了行程计划。由于他的积极活动，那支小旅行队在早晨八点钟就走下了坦狄尔山的青草山坡了。

傍晚，旅客们走过了坦狄尔山区，又进入直奔海岸的那片起伏如波的大平原里了。在这里，到处都有澄清的溪流，它们或灌溉着肥沃的土壤，或消失在高大的牧草中间。它们一会儿在太阳的照射下闪着粼粼波光，一会儿又在绿草的遮掩下默默流淌。一切都像是那么的不经意，一切却又都像是曲意逢迎着人们挑剔的目光。地面又显出平坦的形态了，和海洋在风浪后恢复了平静一样，阿根廷潘帕区的最后一些岗峦走尽了，单调的草原又在马蹄下铺开了漫长的绿色毯子。

第二天，平原渐渐地变低了，地下的水也渐渐地显露出来。土壤的每个毛孔都在渗出潮气。罗伯特在前头半英里走着，忽然打马回来，叫着：“巴加内尔先生！巴加内尔先生！有一片长满牛角的林子！”

“怎么？”那学者回答，“你看见一片林子长的是牛角？”

“是的，一片小丛林。”

“一片小丛林，你在做梦啊，我的孩子。”巴加内尔驳斥着，耸耸肩。

“我才不是做梦哩，”罗伯特又说，“您自己来看呀！真是个怪地方！地里种牛角，牛角长得和麦子一样！我倒想弄点种子带回去！”

“他说得倒是正正经经的。”少校说。

“是正经话呀，少校先生，您去看看就知道了。”

罗伯特没有说错，走了不远大家就看见一大片牛角地，牛角种得很整齐，一眼望不到边，真是一片小丛林，又低又密，真是奇怪得很。

“该是真的吧？”

“真是怪事了。”巴加内尔说着，同时回头望着那印第安人，请教他。

“牛角伸出了地面，但是牛在底下。”塔卡夫解释。

“怎么？一群牛陷在这泥里？”巴加内尔惊叫起来。

“是呀。”塔卡夫回答。

果然是一大群牛踩塌了这片土地，陷下去死掉了。好几百头牛闷死在这泥滩里。这种事情在阿根廷平原上有时是会发生的，塔卡夫不会不知道，同时这也是对行人的一种警告，要加紧提防。大家绕过那片死牛滩。走了一个钟头，塔卡夫观察着四周的情况，心里真有些着急，总觉得一切非同平常。他常常停下来，站在马背上，他的身材高大，可以望得很远。但是望又望不出一个所以然来，只好又继续前进。走了一千米多路，他又停下来，离开直着走的路线，一会儿向北，一会儿向南，走了好几千米，又回来领队，也不说什么。

像这样他停了好几次，弄得巴加内尔莫名其妙。格利纳帆满心不安，他请学者问问塔卡夫，巴加内尔照办了。

塔卡夫回答说，他看到平原渍透了水，很惊讶，他自当向导以来，从没有走过这样的湿地。就是在大雨季节，阿根廷的原野也还有旱路可走，他建议大家赶快走。

马在软地上走，老是往下陷，很快地就疲乏了，而且地面越来越低，这一部分平原可以说是一片无边的洼地，越渗越多的水很快地就要聚得很深。因此，这片平底锅似的平原一泛滥就要成为大湖，最要紧的就是要毫不迟延地跨过去。

大家都加紧脚步。但是，大滩大滩水一片一片地在马蹄下展开还不够，快到两点钟的时候，天上的飞瀑倾盆倒泻到平原上。在这种倾盆大雨下绝无掩蔽的地方，只好咬住牙任它淋。篷罩上都成了沟渠，帽子上的水好像屋边涨满了水的天沟一样，哗啦啦地往篷罩上直倒。鞍上的缨络都成了水网，马蹄一踩下去，就溅起了很大的水花，骑马的人就在这天上地下的两路大水的夹攻中奔跑着。

晚上，他们在一处好不容易找到的“栏舍”里随便住了一宿。

第二天，雨已经下得小些了，但是不吸水的地面还保留着积水，处处是水渗不进去的黄泥，上面尽是水洼、沼泽和池塘，深浅莫测。

现在必须以最快的速度前进，这事关系全体的安全，如果泛滥的水再往上涨，到哪里去栖身呢？望尽了四周的天边，也看不出点高地，这片平坦的原野，大水一侵袭进来，就会流得非常迅速。因此，马被催着拼命向前跑。

忽然，快到早上十点的时候，桃迦表现得十分急躁。它常常把头转向南方那片无边的平坦地带，嘶声渐拖渐长，鼻孔使劲地吸着那激荡着的空气。它猛烈地腾跃起来，塔卡夫虽然不会被掀下鞍子，却也难于控制。桃迦嘴边的泡沫都带着血，因为嚼铁勒得太紧了，然而那烈马却还不肯安静下来，它的主人感觉到，万一放下缰绳让它跑，它会用尽全力朝北方逃去的。

“快！快！”塔卡夫高声叫道。

“怎么回事？”巴加内尔问。

“洪水！洪水！”塔卡夫一面回答，一面打着马，催着向北奔去。

“洪水泛滥了！”巴加内尔叫起来，所有的同伴由他带头，也追随着桃迦向北飞奔而去。

在南面八千米路远，一片又高又宽的浪潮排山倒海地倾泻到这平原上来，平原立刻变成了汪洋大海。显然，潘帕区的一些大河溃决了，也许就是北边的科罗拉多河和南边的内格罗河同时泛滥，汇成了一个巨大的河床。

格利纳帆常常回头张望。

“水淹到我们身边来了。”他一直在想。

“快！快！”塔卡夫一直在叫。

于是大家又加紧催逼那可怜的坐骑。马刺擦着马肚子，流出来的血滴在水上，形成一条条的红线。那些马，踩到地上的裂缝几乎要摔跤。它们有时给水底的草绊住，几乎走不动。马扑倒了，人立刻把它拉起来，再扑倒，再拉起来。大家只顾逃，逃了多少路，谁也不知道。然而，马已经被水淹到胸脯，跑起来已经十分困难。格利纳帆、巴加内尔、奥斯丁，个个都觉得没命了，好像在大海里沉了船一样，只有等死了。渐渐地，马蹄已经探不到底了。

又过了五分钟，马已经浮了起来，在游水了。水流以无比的力量，以快马奔驰的速度拖带着马匹，一小时前进三十二千米。在一切都似乎绝望的时候，忽然听到少校的声音。

“一棵树！”

“在哪儿？”格利纳帆喊着问。

“那儿，那儿！”塔卡夫回答的同时用手指着北方七八百米远的地方，孤立在水中的一棵高大的胡桃树。旅伴们是不需要被催促的，令人喜出望外的这棵树无论如何也得抓住。也许马匹达不到那棵树，但人至少是可以得救的。急流冲着人和马不断地向前。

这时奥斯丁的马忽然长叫一声不见了。奥斯丁急速摆脱马镫，矫健地开始游泳。

“抓住我的马鞍！”爵士向他叫着。

“谢谢，爵士，我的胳臂还结实。”

“你的马怎么样，罗伯特？”爵士又转头问小格兰特。

“它还成，爵士！它还成！游得像鱼一样！”

“当心点！”少校高声嘱咐着。

这句话还没说完，洪水的大浪头已经到了。一个几米高的滔天巨浪，声如巨雷，扑到那几个逃难的人身上。一个个连人带马地都滚进了一个泡沫飞溅的大漩涡里，影儿也不见了。几百万吨的水以疯狂的波涛卷着他们翻来覆去。浪头过了的时候，人都泛了上来，赶快互相数一数。但是马匹呢？除了桃迦还驮着主人之外，其余的都杳无踪迹了。

“勇敢点！勇敢点！”格利纳帆喊着，一手支撑着巴加内尔，另一只手在划水。

“成！成！”那可敬的学者回答，“我倒不讨厌这……”

不讨厌什么呢？天晓得！这可怜虫喝了一大口泥水，连那半句话都咽了下去了。少校却镇定地前进着。左一下右一下很规范地划着水，连游泳教练也比不上他。两个水手在水里游着，像海豚在海里一样。至于罗伯特，他一把揪住了桃迦的鬃毛，让它拖着走。桃迦英勇地劈开狂澜，本能地随着那股向大树冲去的急浪，始终不离那棵树的方向。一会儿工夫，大家都扒到了树边。

水正涨到树干的顶端，大树枝开始长出的地方，因此攀附是很容易的。塔卡夫撇下他的马，托着罗伯特，首先爬上去，然后又用他那强有力的胳臂把那些十分疲劳的同伴都拉上了树，放在安全的地方。但是桃迦被急流冲着，已经很快地漂远了。它那聪明的头转向它的主人，甩着它的长鬃毛，嘶叫着呼唤他。

"你把它丢了！"巴加内尔对塔卡夫说。

"我怎么能丢了它！"塔卡夫高声叫道。

"扑通"一声，他钻进洪流里去了，离树十米远才露出水面来。过了一会儿，他的胳臂在桃迦的颈子上了，连人带马向北面那一带茫茫的天边漂流而去。

·品读与欣赏·

从独立堡出来，一行人的心情很坏。漫长的路途从来没有显得这么单调、无趣。就在此时，一片牛角丛林引起了塔卡夫的警觉。地上渗透的水、空气中鼓动着的激荡之气更让塔卡夫甚至他的桃迦马都感觉到有一场巨大的灾难正向他们扑来。"山雨欲来风满楼"，情节行进的节奏一下子变得咄咄逼人、扣人心弦。洪水来了，迅雷不及掩耳，波浪排山倒海。一群人被卷进了生命的波谷之中，开始了一场为生存而战的斗争。一棵树成了大家的希望，但塔卡夫和他的桃迦却只能随波逐流。故事情节于此可谓一波三折。

·学习与借鉴·

1.借景抒情：溪流在人们的面前或以熠熠闪光来撩拨人们的情绪，或以默默流淌表示自己的羞愧。作品借到处存在的溪流在人们目光中的表现，侧面写出人们失落的心情。

2.拟人修辞：巨大的波浪“扑”在一群逃难的人身上，形象生动地描绘出洪水的水大浪高、来势凶猛，像猛兽一般。

第十一章　孤岛求生

爵士一行七人栖身的这棵树，名字叫“翁比”。在阿根廷平原上的翁比树总是孤独地生长着。这种树的主干蜷曲而巨大，不但有粗大的根深入到土里，还有许多坚韧的支根把它攀附在地面上，非常牢固。所以它能抵抗住洪流的袭击，不至于被冲倒。

这棵翁比树大约有三十多米高，树荫覆盖的面积足有一百二十多平方米。

小罗伯特和矫捷的威尔逊一爬上树就爬到最高的枝子上去了。他们的头钻出了那绿色的圆盖，在那最高点上，一眼望去，能望到很远的地方。洪水泛滥成的一片汪洋从四面包围着他们，凡目力所能达到的地方都是茫茫泽国，渺无边际。水面上只有这棵翁比树屹然孤立在洪流中，像是一座小岛。远处，有许多连根拔起的树干，蜷曲的树枝，倒塌的栏舍的草顶，从大牧场冲下来的棚柱，淹死的兽尸等，这一切都被急流携带着飞奔而过。更远处有一个黑点，几乎看不见了，它吸引着威尔逊的目光。那里，塔卡夫和他那忠实的桃迦逐渐消逝在天边。

“现在，我们做什么呢？”格利纳帆问。

“做窝呀，还用问吗？”巴加内尔快乐地回答。

“做窝吗？”罗伯特惊叫。

“自然要做窝呀，我的孩子，既然我们不能过鱼的生活，就该过鸟的生活。”

“好啊！但是做了窝谁给我们喂食呢？”格利纳帆问。

“我来喂食。”少校回答。

大家一听，都转去看着少校。那少校很舒适地坐在由两个柔软的枝子构成的一把天然交椅上，伸着一只手，递出他那湿透而饱满的褡裢。

“一个人既不愿意淹死，自然也就不愿意饿死啊！”少校回答。

“我也应该想到这点，只可惜我太粗心了！”巴加内尔天真地说。

“够七个人吃两天的。”少校回答。

“好！”格利纳帆说，“我希望二十四小时内水能退得差不多了。”

“或者是二十四小时内我们有法子回到陆地。”巴加内尔纠正说。

巴加内尔从树上找到足够的干苔藓，他又找到一片太阳光。然后，他用望远镜把这些易燃物一点就点着了。他们把这些易燃物摆在翁比树干的分枝处，托在一层湿树叶上面。这就成了一个天然炉灶，不怕引起火灾。不一会儿，威尔逊和罗伯特从枝叶深处找来一大捆干柴，放到干苔藓上。巴加内尔利用他的篷罩扇起大风。柴烧着了，大家随意烤着，各人的篷罩都挂在树上，随风飘荡。然后开始吃早饭，每人接受定量分配的一份，因为还要想到明天的。大水可能没有像爵士希望的退得那样快，而干粮是很有限的，翁比树又不结果子，幸而鲜鸟蛋很多，因为树枝上到处是鸟巢，除了鸟蛋之外，还有鸟也可以吃，更是不用说了。

“既然厨房和饭厅都在楼下，我们的卧室就设在楼上吧。”巴加内尔什么时候也忘不了幽默一把，“房子很大，房租也不贵，不必住得太挤。我看见那上面有些天然的软兜子，只要我们把自己牢牢地绑在树上，就可以在天下最好的床上睡觉了。我们将轮流守夜，我们的人数足以打退印第安人的舰队和其他各种野兽。”

“我们缺少武器。”奥斯丁说。

“我还有手枪哩。”爵士说。

“我的也还在。”罗伯特应声回答说。

“如果巴加内尔先生想不出制造弹药的法子来，手枪有什么用呢？”奥斯丁又说。

“用不着造。”少校回答着，拿出一个弹药袋来，还保存得好好的。

“你哪里来的弹药，少校？”巴加内尔问。

“塔卡夫的。他想这弹药可能对我们有用处，所以在跳下去救桃迦之前交给我了。”

“好个慷慨仗义的巴塔戈尼亚人！”爵士叫着。

“是的，”奥斯丁说，“如果所有的巴塔戈尼亚人都和他是同个模子印出来的，我真要佩服巴塔戈尼亚人了。”

说完，大家“上楼”整理各自的床铺。整理好后，又不约而同地回到下面，开始了围炉夜话。话题当然还是围绕格兰特船长。

“可做的还有最简单而又最合逻辑的一件事。我们回船之后，就把船开着向东走，一直循着这条37°线，如果必要的话，直走到我们最初的出发点为止。”

“你以为，麦克那布斯，你以为我没有想到这一点吗？我也不晓得想过多少遍了，但是有什么成功的希望呢？离开美洲大陆，不就是远离了哈利·格兰特亲自指出的地点巴塔戈尼亚了吗？信件上不是写得清清楚楚的吗？”

“首先我想知道南纬37°线经过些什么地方。”少校插话说。

“这个，要问巴加内尔。”

“那就问问他看。”少校说。

那学者已经钻到树的遮阴里看不见了，必须从下面大声喊他。

“巴加内尔！巴加内尔！”格利纳帆喊。

“在！”一个声音从半空中回答，“什么事？”

“我们想知道37°纬线经过些什么地方。”

“这个太容易了，”巴加内尔回答，“用不着我下去就可以告诉你们。”

“那么，你就说吧。”

“好，听着。南纬37°线离开了美洲就穿过大西洋。”

“嗯。”

“到透利斯探达昆雅群岛。”

“好。”

“然后在稍微下去两分的地方，经过好望角。”

“后来呢？”

“就穿过印度洋。”

“以后呢？”

“掠过阿姆斯特丹群岛中的圣彼得岛。”

“再往下说。”

“横截澳大利亚的维多利亚省。”

“接着说下去。”

“出了澳大利亚……”

这句话没有说完。那地理学家在迟疑吗？他不知道了吗？不，忽然一声大叫，一个强烈的呼声从树的浓荫中传下来。格利纳帆和他的朋友们都吓得脸色发白，面面相觑。难道又发生了什么灾难？还是那倒霉的巴加内尔掉下来了呢？威尔逊和穆拉地要奔上去救他了，忽然上面掉下一条大汉：巴加内尔从树枝上直滚下来。他两只手抓不住一点东西，眼看他要滚到怒吼的狂澜中了，这时少校才用粗壮的胳臂把他一下拉住。

“谢谢你，麦克那布斯！”巴加内尔叫起来。

“你怎么了？”少校问，“你怎么滚下来了？又是吃了你那永远粗心的亏吧？”

“是的！是的！”他回答着，话都几乎说不出来，“是的！粗心……要开个新纪元，这一次。”

“怎么开个新纪元的粗心呢？”

“我们弄错了！我们又弄错了！”

“怎么一回事？说呀！”

“我们找的地方，不但格兰特不在那里，并且他从来也没有到过！”

这万万想不到的几句话引起了大家极大的惊讶。

“你说明理由吧，巴加内尔。”少校比较镇定地说。

“很简单，少校。我原来也和你们一样，弄错了，我回答着你们的问题，说到‘澳大利亚’这个名字时，突然灵机一动，我明白了。”

“怎么？”格利纳帆叫起来，“你以为格兰特船长……”

“我认为信件中austral这个词不是我们一向所想的，不是‘南半球’(austral)这个词，而是‘澳大利亚’(Australia)一词的前半个字。”

“怎么？”爵士又以极不相信的口吻追问他，“你竟敢说不列颠尼亚号失事的地点是在澳大利亚海边？”

“我认为毫无问题。”

接着，巴加内尔详细讲解了自己对信件的新的理解，不厌其烦地回答大家的各种提问。听完他的分析，大家觉得非常有道理。于是，澳大利亚就成了大家心中的目标。

“到大洋洲去！”他的旅伴们异口同声地喊着。

“你可知道，巴加内尔，”爵士又补充一句，“你到了我们邓肯号船上，这是完全出于天意呀！”

“好吧，”巴加内尔回答，“就算是上天派我来的，不要再提了！”

这一席话就这样结束了，它起了多么大的影响啊！它把大家的情绪全都扭转过来了。他们原以为在迷宫里，永远不能出来，现在又抓住线索了。他们在这个破了产的计划中又建立起一个新的希望来了。他们忘掉了当时处境的危险而兴高采烈起来，只觉得唯一的憾事就是不能立刻出发。

六点钟吃晚饭的时候，巴加内尔要准备一席盛筵来庆祝这可喜的一日。他邀罗伯特“到附近的树林里”打猎去。猎人去后，格利纳帆和少校观察了一下水位，还没有下降的趋势。这时，树上的枪声响了，跟着就是一片欢呼声。少校和格利纳帆回到灶边，发现威尔逊利用一根针和一条线钓起鱼来。已经有好几十条小鱼摆在篷罩的折缝里了。

两个猎人从翁比树顶上下来了。巴加内尔很小心地捧着一些鸟蛋，提着一串小麻雀——他准备以百灵鸟的名称把它们献给大家吃。罗伯特很灵巧地打到了几只“喜格罗”——这是一种黄绿相间的水鸟，肉味极美，在乌拉圭一向被认为是名贵的。巴加内尔以蛋做菜可以有七十二变，但是这次只放到热灰里。虽然饭菜做法简单，晚饭的菜肴却又丰富又鲜美。

吃过饭，少校与巴加内尔斗了一会儿嘴，斗累了，就让他为大家讲故事。巴加内尔于是给人们讲了一个“快乐的衬衫”的故事。

大家东谈西谈，不觉天色已晚，只好以睡觉来结束这惊心动魄的一天。然而，大家在睡觉前，格利纳帆、罗伯特和巴加内尔都爬到那“观察台”上去，对那一片汪洋作最后一次观察。那是九点钟左右。太阳正在闪烁着浓雾的地平线上慢慢西斜(美洲下午的九点钟相当于我们的六点钟左右)。那半边天，以天顶为界，都浸浴在蒸汽里。

地平线上起了暴雨的景象。一片又厚又黑的云，轮廓异常分明，渐渐升起来，把一颗颗的星星掩盖住了。这片云显得阴森可怕，不久就占领了半边天，仿佛把这半个天空都遮住了。树上没有一片叶子在颤动，水面没有一条波纹在皱起，连空气都仿佛没有了，就好像有个巨大的抽气机把天空里的空气都抽掉了似的。

“要起风暴了。”巴加内尔说。

“你怕打雷吗？”格利纳帆问罗伯特。

“怎么会怕打雷呢，爵士？”

“那就好了，一会儿就要起风暴了。”

“我看这场风暴还不小哩。”巴加内尔又补充说道。

这时乌云把整个天空几乎完全盖住了。

“下去吧，就要打炸雷了！”格利纳帆说。

几个小时后，只听到雷声滚滚，声音越来越大。闪电上下蹿动，水面被映成一片火海。突然间，一个大火球从天而降，“轰”的一声，炸在了翁比树顶上。一股浓烈的硫黄味弥漫在空气中。

突然，奥斯丁大声喊道：“树上起火了！”

奥斯丁没有看错。一眨眼，火焰就在树的西边部分燃烧起来。枯枝、干草做的鸟巢，还有那翁比树的全部疏松的白木，都给那火势助威。

风刮起来了，向火苗上吹着，风助火威，火苗在蔓延着。大家非逃不可了。格利纳帆一行人赶快避到树还没着火的东边一部分去。个个都说不出话来，手忙脚乱，慌慌张张，攀援的攀援，跌跤的跌跤，冒着险，直爬到那些摇摇欲坠的细枝上。这时西边的树枝正被火烧得发焦，喀喳喀喳地响，通红的灰烬落到洪水上，随波而去，边走边闪着褐色的亮光。树上的火焰，忽而升腾得极高，直透入那空中的火海，连成一片，忽而被一边风压下去，抱着翁比树打转。格利纳帆、罗伯特、少校、巴加内尔、三个水手，没有一个不惊骇万分：浓烟呛得他们喘不过气来，热气熏得他们难受，大火正在向这边烧来，已经烧到下面的主枝了。既无法阻止，又无法扑灭，眼看着就要被活活烧死。树上不容许再待下去了。

“跳水！”爵士喊。

这时威尔逊被火焰烧到身上，已经跳下水里了。他们忽然听到他以惊骇的声音没命地叫：

“救命呀！救命呀！”

奥斯丁奔过去，拉着他爬到树干上来：

“怎么一回事？”

“鳄鱼！鳄鱼！”他回答。

顿时大家发现树脚被那种最可怕的动物围满了。它们的鳞甲在火焰照耀下的大片亮光中闪烁着。纵扁的尾巴、矛头一般尖的长头、凸出的眼睛、直张到耳后的两颚，这一切特征都使巴加内尔不会看错。那里有十几条凶猛的“阿厉加鼍”，它们用可怕的尾巴拍着水，用下颚的长牙啃着树。

树上烈火熊熊，树下鳄鱼环伺。无论如何都是要惨死的，不是死在火舌下，就要死在鳄鱼的嘴里。连那镇静的少校也说了一句：

“很可能一切的一切都完了。”

南方渐渐形成了一股巨大的飓风，仿佛一团圆锥形的浓雾，锥顶朝下，锥底朝上，把沸腾的水和翻飞的云联结起来。这一团飓风旋转着前进，快得令人眼花，它卷起湖水，吸到圆锥的中心，形成一个水柱，并以它自转所产生的强大的吸引力把四周的气流都吸引着向它飞奔。

不多时，那猛烈的飓风扑到翁比树上来，把这棵大树重重叠叠地裹住了。整棵树，从根起被摇撼着。同伴们相互抱着，感到树已经在往下倒了，根朝上翻了。烧得熊熊的树枝浸到汹涌的波涛里，发出可怕的嗤嗤声。这只是一秒钟的事情。飓风一卷而过，又到别的地方去肆虐了。这时翁比树已卧倒在水上了，随着风与水配合的双重力量向前漂流着。那些鳄鱼都已经逃掉了，只剩下一只还在往翻起的树根上爬，向前伸着张开的大嘴。穆拉地抓起一根半焦的树枝，狠命地打了它一下，打折了它的腰。那鳄鱼被打翻了，沉入急流的旋涡里，临下去时它那可怕的尾巴还猛烈地打着水。

格利纳帆和他的旅伴们摆脱了鳄鱼的危险，都爬到火势上风的树枝上去了，这时这棵翁比树载着一团火焰在夜幕中漂流，火焰被飓风吹得越烧越旺，好像一只张着火帆冲锋的船。

翁比树在无边的大湖上漂流了两个钟头，碰不到陆地。吞噬它的那些火焰已经渐渐熄灭了。树在狂澜上以惊人的速度飞一样向前滑行着，好像树皮里装着一部强大的发动机。没有任何迹象足以证明它不会继续像这样漂流好几天。

早晨三点钟的时候，大家注意到树根有时掠到湖底了。二十分钟后，翁比树一撞，就突然停止了。

“陆地！陆地！”巴加内尔用洪亮的声音叫起来。

烧焦了的枝干的末端触到了一片高地上——自古以来航海家遇到陆地也没有这样快乐过。罗伯特和威尔逊已经蹦到那片高原上，欢呼起来了。这时，一个很熟悉的呼声忽然传来，接着就在平原上响起了马跑的声音，塔卡夫高大的身材在夜色中挺立着出现了。

格利纳帆、少校和水手们又见到他们忠实的向导，高兴至极，都来和他亲切地、使劲地握手。然后，塔卡夫把他们引到了一个废弃牧场的破草棚底下。那里正烧着一堆旺火，让他们取暖，火上烤着大块的猎物，味道很好，大家吃得连碎屑也没有剩下。塔卡夫用简简单单的几句话给巴加内尔讲述了他的逃难经过。巴加内尔把那信件的新解释和这新解释所能给予大家的新希望，也设法说给他听了。他看到他的朋友们都快乐，都满怀信心，他也很高兴。

这里离海边还有四十英里。一行人稍作休整，又开始出发。第二天，他们赶到海边。在失望中度过一天后，在第三天天刚放亮的时候，他们发现了多日不见的邓肯号正在五英里开外的地方缓缓行驶。

只是两队人马会合之时，就是他们和塔卡夫分别之时。朝夕相处多日，共同经历了生死考验，大家和他已经结下了深深的友谊。没有太多的话，大家用拥抱、亲吻表达着心中的不舍。

“再见了！我亲爱的朋友！”爵士大声喊道。

小艇划入海面，被海浪推着，越走越远。塔卡夫高大的身影越来越小，逐渐变成了一个黑点，最终不见了……

·品读与欣赏·

翁比树成了汪洋大海中的一片孤岛，成了大伙儿在洪水中生存的唯一凭借。然而，“屋漏偏遭连夜雨，行船却遇打头风”，闪电击中了大树，树上烈火熊熊，树下鳄鱼环伺。随后的飓风又把翁比树连根拔起，汪洋中出现了一只带火的冲锋舟。连续的灾祸并没有影响到七人小组乐观的情绪与精诚团结，生死考验更让他们之间的情谊日笃。他们互相帮扶，再次朝着新的目标开拔。小说情节在经历了连番惊险的刺激之后，终于告一段落，给读者紧张的神经一个放松的机会。此节可谓张弛有度，跌宕起伏。

·学习与借鉴·

1. 场面描写：少校和爵士测量水位回来，发现威尔逊利用一根针和一条线在钓鱼，而且已经颇有成果。看似一个悠闲的场景，却从一个侧面表现了整个小队的队员们都充满乐观精神。

2. 情境交融：小艇被海浪推着越走越远，塔卡夫高大的身影越来越小，最终不见了。作者借当事双方的眼睛表现出对对方的依依不舍，情与境达到和谐统一。

第十二章　风雨兼程

新的征程已经确定下来，两队人马也已会合。邓肯号一路劈波斩浪驶向自己的目标。

离开哥连德角五天以后，即11月16日，一场凉爽的西风刮了起来。

要绕过好望角的船只要是遇上西风就再顺利不过了。因而邓肯号拉起了全部的帆篷：主帆、纵帆、前帆、顶帆、樯头帆和各种辅帆一齐张开，帆索扣在左舷上，以惊人的速度飞奔着。

一路顺风，邓肯号在海上走走停停航行了近一个月。

12月12日的晚上，离开阿姆斯特丹岛已六天了。格利纳帆夫妇、格兰特姐弟、少校、船长都在楼舱里闲扯。和往常一样，聊到最后，不列颠尼亚号又成了全体人员唯一的话题。正在谈的时候，巴加内尔提出了一个问题，据商船日报记载，格兰特船长的最后消息是1862年5月30日自卡亚俄发出的，怎么不列颠尼亚号离开秘鲁海岸只八天，6月7日便进入印度洋了呢？

经过地理学家与船长的一番讨论、计算，巴加内尔对信件上日期间的空隙提出了新的解释，最后，他认为“7”字的前面可能还有一个“1”或“2”字，应该是17日或27日。

“对呀！”海伦夫人回答，“从5月31日到6月27日……”

“不列颠尼亚号有足够的时间穿越太平洋到达印度洋上！”

大家都十分满意地接受了博学的地理学者的解释。

直到这时，都是西风助力。但是，最近几天，风力有减弱的趋势，现在正渐渐地消失。12月13日，一点风也没有了，船帆紧贴在桅杆上了。

邓肯号要不是装着有力的汽轮机，就会滞留在这无边无际的洋面上。那青年船长眼见船上的煤要用完了，显得对风力的减弱感到不安。他把船上所有的帆都张起来，连小帆、辅帆都拉上，希望再小的风力也用上。但是，正如水手所说的，连“装满一顶帽子”的风都没有。

“不管怎样，我们也不要抱怨老天爷了，”爵士说，“无风总比逆风好！”

“阁下说得对，”门格尔船长回答，“不过，这种突然的平静正是表明天要变啊，所以我很焦急。我们在季风区域的边缘上航行，这种季风从十月到次年四月是东北风，只要它稍微刮起来，我的航行肯定要大大地延期。”

船长的一席话，为后文暴风雨的出现埋下伏笔，也从侧面反映出船长航海经验的丰富。【伏笔】

“那有什么办法呢？！如果真的遇到这种情况，只好忍受着，最多不过耽搁几天罢了。”

“自然啦，如果逆风不带来风暴的话。”

“你怕天要变吗？”爵士说着，一面观察着天空，天空万里无云。

“是的，我怕天要变，”船长回答，“这话只能告诉你阁下，我不愿意让海伦夫人和玛丽小姐听到，惹她们惊慌。”

“你想得很周到，但有什么事情可怕的呢？”

“恐怕真的要来暴风雨了。南极冰山区蒸汽的凝结产生极其猛烈的吸引力，由此就发生了极地风和赤道风的交战，造成旋风、飓风以及各种各样的风暴，船遇到它们没有不吃亏的。”

“门格尔，”爵士说，“邓肯号是只坚固的船，船长又是能干的海员，让风暴来好了，我们会有办法对付它的！”

船长的忧虑和畏惧是出于船员的本能。他是英国人所谓的“天气通”。风雨表老是下降使他在船上采取了一切防御措施。

船长整夜待在甲板上。快到十一点钟的时候，南边天空出现块块云斑。门格尔把全部水手都调上来，落下小帆，只保留主帆、纵帆、前帆和触帆。半夜，风大了，风力很强，每秒钟以二十米的风速前进。桅杆、帆索、船舱发出咯吱呼乓的挤压、扭动、碰撞声，使原来不知风暴为何物的乘客们都初步领略到它的气势了。地理学家、爵士、少校、罗伯特都上了甲板。

“是起飓风了吗？”爵士大声问门格尔。

“还不是，要来了。”

这时，船长命令水手们爬上软梯，很费力地把前帆卷起来，用帆索扎好，捆到拉低了的帆架上。门格尔要尽可能地保留一些帆面，以便平衡游船，缓和左右摇摆的程度。他又命令奥斯丁和水手长，系艇的绳子和绑桅杆的缆绳都加粗成双料，系牢炮两边的滑车，拉紧横桅索和后支索。门格尔好像一个将军在大炮旁边一样，始终不离挡风的那边船面，他从楼舱顶上凝神观察着急剧变化的天色。

把门格尔比喻成一个将军，形象表现了船长在预见到风暴就要到来的时候，高度戒备、严阵以待的威势。【比喻修辞】

凌晨一点钟，风速已达每秒二十八米，极其猛烈地敲打着缆绳，发出急速的颤动声。辘轳也互相撞击着，绳索在粗糙的索槽里奔突着，发出尖锐的声响，帆布轰咚轰咚地向前后两边飘荡，浪头也高得骇人，冲打着游船，而游船像只翼鸟在白浪滔天的水花上前进着。

门格尔一眼瞥见海伦夫人和玛丽小姐也到甲板上来了，很快走到她们面前，请她们回舱。已有几个浪头打到船上来了，甲板随时都有被冲坏的可能。海伦夫人和玛丽小姐无法抗拒近乎恳求式的命令，都回船舱去了。

这时，正好一个大浪头在尾樯下面滚过，把她们周围堑护舱玻璃震得直颤。同时，风更猛烈了。桅杆受着帆的压力都弯了下去，游船仿佛要从浪头上跳过去。

“跳”字把游船被巨大海浪托起的样子形象逼真地表现了出来。【动作描写】

“卷起主帆！”门格尔叫，“拉下

前帆和触帆！”

水手们各自回到工作岗位上去了。吊帆索松了，卷帆索扭紧了，触帆用纤绳拉下来，声音比风声还高。爵士、少校、巴加内尔和罗伯特看着邓肯号和波浪斗争的样子，既赞美又惊惧，他们紧紧扒住横栏杆，看得心惊肉跳。

忽然游船猛地一歪，倾斜得吓人，威尔逊正扶着舵盘，猛不防被舵杆打倒了。邓肯号横对着浪头，失去了控制力。

“快救机器！快救机器！”机械师的声音在叫。

门格尔向机器间奔去，连跑带滚地下了梯子。一片雾气充满了机器间：活塞在汽缸里一动不动，连杆器也推不动横轴了。

“究竟怎么了？”门格尔问。

“蒸汽轮机扭弯或者嵌住了，”机械师回答，“它不能转动了。”

“怎么，嵌住就不能弄出来吗？”

“不可能。”

这时候，门格尔没有浪费一秒钟，他想方设法尽力把船从险境中解救出来。他决定用微帆航行法以免船被吹得偏离航线。船长用绳子把自己绑在护桅索上，注视着狂怒的海洋。

> 船长把自己绑在船上，直面狂暴的大海。反映了一个老船员面对风浪时的镇定，也反映出船长对爵士的忠诚，以及对船上所有生命的珍视。【细节描写】

夜就在这样的情况下度过了。人们希望天亮时风暴会减弱下去，但是希望落空了。快到早晨八点钟的时候，狂风比以前更猛烈，变成飓风了。

门格尔一声不响，但是心里在为船和船上所有人的安全担忧。邓肯号倾斜得厉害，甲板的支柱咯吱咯吱地响，有时浪头打到主桅上伸出的辅杆。有一阵子，全体船员都以为船爬不起来了呢！

船居然又漂起来了，但贴不住浪，又没有方向，颠簸得很，桅杆几乎要折断。像这样驶法，不能再进行下去了，船体已经受不住了，只要边板一散，接缝一裂，波浪就会冲进来。船长现在只有一个办法：就是扯起一个三角帆，任风吹。这片小帆不知扯了多少次，费了几个钟头的工夫才扯好。直到下午三点钟，那三角帆才拉在主桅的辅杆上，听风摆布了。

于是，邓肯号在一块小帆布的作用下被拖带起来，它开始以无法计算的速度飞驶着。就是这样，它向风暴赶着它去的东北方驶去。它必须保持最大速度，因为只有靠速度才能获得安全。

12月15日，一天一夜就在这样的险境中度过的。船长一会儿也没离开自己的岗位，一点东西也未吃，虽然表面上保持冷静，但是内心却惊慌失措，那双眼睛老盯着北方的朦胧雾影。

邓肯号被打出了航线，以无法驾驭的速度向大洋洲海岸奔去。门格尔找到爵士，和他作了一次特别谈话。他毫不掩饰地说明当前处境，他是个不怕牺牲的海员，将无比镇静地面对现实。最后，他说也许不得已而为之，让邓肯号向海岸撞去。

爵士又回到女客们身边。女乘客也感觉到危险就要到来，但不知道危险到什么程度。她们表现出很大的勇气，至少不在男同胞之下。

快到十一点钟的时候，船长看见了一片低地，在下风三千米远的地方。船正对着陆地奔去，前面浊浪滔天，高得出奇。门格尔立刻明白浪头遇到坚实的阻挡才会蹦得这样高。

“有暗礁！”他对奥斯丁说。

“我也是这样认为！”大副回答。

相同的、准确的判断表明两人均为身经百战的优秀船员，同时也写出两人果断的性格特点。【对话描写】

“如果暗礁有缺口能让邓肯号驶过去，”船长又说，“如果上帝不能把船对准那缺口，那我们就完了。”

“此刻潮正高，也许我们能过去，船长。”

邓肯号以骇人的速度急驶。水汽遮住了船长的眼睛。但是门格尔却还能看出满是泡沫的水面的那边有一片平静的水面。如果邓肯号能达到那里就比较安全了。但是，怎么能进去呢？船长把所有乘客请到甲板上来，玛丽小姐脸都吓白了。

邓肯号离滩更近了。当时潮正高，本来船底有足够的水时载它过暗滩是可以的。可是，浪太大了，把船向上一抛，又向下一放，必然使船体后部触礁。没法子使浪头低点儿、水流得平滑点儿吗？总之，能使这狂澜平静点儿就行。门格尔最后想到一个办法。

“油！”他大叫起来，“朋友们，倒油！倒油！”

这句话的含义船员们立刻明白了。这正是通往成功之路的计策：狂浪的上面如果盖上一层油，狂浪就会平息下去，这层油在水上漂着，可以使浪头润滑，因而减少激荡。这办法见效快，但效力消失得也快。

装海豹油的许多大桶立刻被滚到船头，船员们在死里逃生的关头，气力仿佛增加百倍，他们用斧头砍破木桶，挂到左右舷的栏板外。

“准备好啦！”门格尔叫着，等候着合宜时机。

只有二十秒，船就到了那条被咆哮的水浪拦住的缺口。

“动手呀！”

船长一声令下，油桶一齐倾倒了，油滔滔地涌出木桶。顿时那片油竟把那白浪滔天的海面压下去了。千钧一发，邓肯号在压平的水面上一晃而过，一眨眼工夫驶进了那片平静的水域。

真的好险！

由“千钧一发”“一晃而过”和“一眨眼工夫”集中描写了游轮通过暗礁时的惊险，以“真的好险”做总结，表达了船员和读者共同的心声。【用词准确】

门格尔船长的第一件事就是抛下两个锚，一边一个，把船稳稳地停下来。它是停在水深五米的地方。海底还好，是粗沙石，吃得住锚。因此，既不怕滑锚，又不怕搁浅。邓肯号在惊险中狂奔了许多个小时，现在总算有个安乐窝了，这海湾被三面的尖峰环抱，挡住了从海上吹来的狂风。

爵士拉着门格尔的手，说：“谢谢你，船长！”这寥寥几字使门格尔感到无比欣慰。

邓肯号被这场风暴打到海岸的什么地方来了呢？怎样才能找到37° 纬线呢？百奴衣角在它西南面相距多远呢？

测算结果，还好，邓肯号离开航线不太远——相差不到两个纬度，在澳大利亚南端的灾难角，距百奴衣角一百六十千米。

门格尔船长派人下水检查。潜水员回来报告说蒸汽机的轮子扭歪了，顶住了龙尾骨：所以汽轮无法转动了。损坏相当严重，要在当地修理几乎是不可能的。

爵士和船长商量决定：邓肯号继续张帆前行，沿着大洋洲海岸寻访格兰特船长的踪迹，到百奴衣角停下来，或许能得到一些重要线索，然后再次南行，直抵墨尔本，在墨尔本很容易修理损坏的船只。蒸汽机一修好，邓肯号就沿着东海岸搜索，来完成这一连串的寻访工作。

飓风完全熄落下去了，接着便是一场可利用的西南风。早晨四点钟，水手们转动辘轳，船渐渐离港了。两小时后，灾难角不见了。

12月18日一整天，游船都张着帆，紧贴遭遇湾海岸边前行，就和一般的轻快帆船一样快。这次旅行，小艇帮了大忙。尽管驾驶小艇是件苦差事，但海员们并不抱怨。差不多每次格利纳帆爵士、地理学家和小罗伯特三个都陪他们前往。这三个人都没有亲眼见到不列颠尼亚号的一点遗物，但他们心中仍是充满希望的。他们在这一带寻访时格外小心，唯恐漏掉一个地方。

他们一边前进一边寻访，12月20日到达百奴衣角，还没有找到一点沉船遗迹。船只失事到目前已有两年了，它的残骸很可能，而且一定可能被海水冲散，腐蚀了，甚至早被海流冲得无影无踪了。

“有希望！有希望！永远是有希望！”海伦夫人不断地鼓励她身边的那位少女。

通过海伦对玛丽鼓励的话，反映夫人对此次寻访之旅充满信心，显示出在她柔弱的外表下坚强的性格。【语言描写】

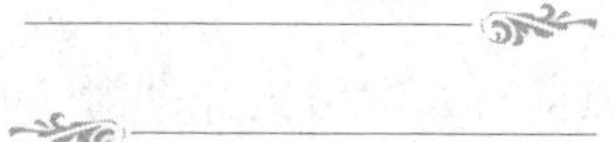

“像小猫一样”写出罗伯特身体的轻盈与心情的欢快。【比喻修辞】

邓肯号上的乘客顺利地登上了岸，格利纳帆一行人钻过陡峭的岸边上一个缺口，上了岩顶。罗伯特像小猫一样，在笔陡的斜坡上攀援，第一个到达顶峰，远远地把巴加内尔和少校甩到后面。巴加内尔几乎要气死了，而麦克那布斯不改常态，心平气和。

不一会儿，这个小旅行队集合起来，观察了一下展现在眼前的平原。那是一片长着灌木丛和地衣植物、土壤贫瘠的荒郊。虽然，这一带无人居住，但在远处，依稀可见一些建筑物，这显然是人间烟火的迹象，并且据那些建筑物推断，这里不是野蛮人的居所。

“一个风磨！”罗伯特叫。

“我们就到风磨那里瞧瞧！”爵士说。

·品读与欣赏·

一段顺风顺水的航程让大家享受到西风给予寻访活动的便利与惬意。然而，天有不测风云，一场暴风雨又让邓肯号上所有的乘客经历了一次生死大考验。门格尔船长面对危险像一个身经百战的将军，凭着他的勇敢、机智与无私无畏，带领大家终于闯过一道道“鬼门关”，顺利登上澳大利亚大陆。两番与风浪大战之后，小说情节再次把人们引向了“脚踏实地”的旅程。一扇风磨，又会把人们带到一片什么样的天地呢?

·学习与借鉴·

1. 场面描写：风敲打缆绳，辘轳相互撞击，帆布飘荡，白浪滔天。游船在狂暴的大海上航行的场面惊心动魄。

2. 细节描写：面对船毁人亡的危险，船长毅然把自己绑在船上，直面狂暴的大海进行指挥。其镇定、勇敢，无论是对自己职责的忠诚还是对船上所有生命的珍视，都由一个“自绑”的细节表现出来。

第十三章　水手长艾尔通

走了半小时以后，经过人类劳动的土地呈现着新气象。爵士一行人来到了一个农庄。牛马三三两两地在草地上吃着草，草场四周栽着高大的豆球花树，田地里麦穗金黄，一派祥和宁静的田园风光。

农庄主人是一个五十上下、面容和蔼的长者，名字叫奥摩尔。他和妻子有五个健壮的儿子。这位长者是爱尔兰的海外移民，他在本国受够了苦难，所以远涉重洋，来此地谋生，求幸福。

“外地客人，欢迎你们来奥摩尔家做客。”

“听口音，你是爱尔兰人吧？”爵士问，同时拉着那位长者伸出的手。

“我以前是，现在是澳大利亚人了，”奥摩尔回答说。“请进来，诸位，不必客气，宾至如归好了。”

然后，大家在奥摩尔家用了饭。吃得称心，大家畅所欲言。说到有没有格兰特船长的消息时，奥摩尔的回答并未给人带来好消息。他从来没有听说过这个名字，两年来没有一只船在这里的海岸或百奴衣角出现过。不列颠尼亚号出事才两年啊！因此，他绝对有把握肯定遇难船员没有来西海岸。

正当他们叹息不已的时候，一旁站立的工人里有人说话了："爵士啊，感谢上帝吧。如果格兰特船长还活着的话，他一定生活在澳大利亚大陆上！"

这几句话引起全场人难以形容的惊愕。爵士一下子跳起，离开座位，叫道："谁这样说？"

"是我。"在桌子那端的农场工人回答。

"你呀，艾尔通！"奥摩尔说，他的惊奇不亚于其他人。

"是我，"艾尔通兴奋而坚定地说，"我，和您一样，爵士，是苏格兰人，而且还是不列颠尼亚号上的一个遇难船员。"

这一消息，产生了一个巨大的影响，玛丽小姐感到天旋地转，心里高兴得差点昏眩，不由自主地倒在海伦夫人的怀里。门格尔、罗伯特、少校等也都围到艾尔通身边来。

艾尔通是个四十五岁的人，一副严峻的面孔，一双炯炯有神的眼睛深陷下去。他一定有非凡的气力，虽然很瘦。他浑身的筋骨可见肥肉与他似乎无缘，中等身材，肩膀宽大，举动坚决，面容严峻，神色充满了智慧和毅力。这一切使人一看便产生了好感。他似乎最近还受过苦难，这苦难在他脸上烙下的印证更增加了人们对他的同情心。

艾尔通说，不列颠尼亚号于1862年5月30日离开卡亚俄港，打算经印度洋取道好望角，然后回欧洲大陆。不幸的是，三个星期后，船在一场强烈的暴风雨中损坏严重。小艇被狂风刮走。经过八天八夜的奋力抢修，船最终还是沉没了。艾尔通被浪头打到一个珊瑚礁上，晕了过去。等苏醒过来，他已落到当地土人手中。像奴隶般生活了两年后，一天夜里，艾尔通趁人防备不严，跑了出来。他越过沼泽、河流，翻过高山，走了好多连探险家都不敢走的路，历经千辛万苦，才来到农场主奥摩尔家里打工。但是此后，再也没有听到不列颠尼亚号的任何消息，估计其他人也是被土著人抓走了……

当他讲话的时候，玛丽小姐握着他的手。这是父亲的一个伙伴呀！是不列颠尼亚号上的一个船员呀！他曾在格兰特船长身边生活过呀！他们共同漂洋过海，冒着共同的危险呀！玛丽小姐紧盯着他那张饱经风霜的脸，激动地流出泪水。

艾尔通非常熟悉船长的孩子。当他们出发时，他还在格拉斯哥港见过他们。他说，那天船长向朋友告别，举行了宴会，两个孩子都来吃饭。那时，小罗伯特还不到十岁，船长托水手狄克照看他，他却背地里爬上桅杆上的横木，虚惊一场！

“真是这样吗？”小罗伯特笑着问。

水手长又随便讲了许多小事情，仿佛无足轻重，但船长却看得十分重要。

水手长极力地满足他们的要求。爵士不愿打断他的话头，但是有更多的问题挤在脑子里，海伦夫人让他看玛丽那种快慰的情绪，不让他开口。就这样，他们聊了许多许多。最后，艾尔通还拿出了他在船上的服务证，上面有格兰特船长的亲笔署名。玛丽一眼就认出了父亲的笔迹。证书上写着“兹派一级海员脱姆·艾尔通为格拉斯哥港三桅船不列颠尼亚号上的水手长”。关于对艾尔通的身份毫无怀疑的余地了。

“你有什么好主意呢，艾尔通先生？”海伦夫人终于问水手长了，“假如是你，将如何做？”

“要我做的话，夫人，”艾尔通相当快地说，“再回到邓肯号上，直接驶到出事地点去。到那儿再见机行事，这样，或许可以找到一点线索，然后再斟酌处理。”

可是，邓肯号一个蒸汽轮的叶片扭坏了，不能进行快速航行，只能到墨尔本修好再说。

众人各抒己见，商量对策，最后决定兵分两路。爵士、海伦夫人、玛丽姐弟俩、少校、巴加内尔、门格尔、威尔逊、穆拉地、奥比内以及艾尔通，共十一人经由陆路走到杜福湾去，其余人留在船上，由大副奥斯丁统领，走海路直接去墨尔本。

门格尔在农庄主人的协助下，为出行准备粮食和交通工具。他为女士们准备了带篷的大拖车，由六头牛并排拉车。为了尽可能提供好的车内环境，他让木匠将车厢分成两部分，中间用木板隔开。前部分改造成一间小房子，铺上厚厚的地毯，放上两张床，并装有洗漱设备。下雨时，男士们还可以到房间里避雨。后边装载粮食、炊具和行李。艾尔通在农庄学过赶车，因此，这个差使就交给他了。其余人一律骑马。

门格尔把一切安排停当，于是带着那爱尔兰移民一家来到船上回拜爵士阁下。他们受到热烈欢迎。爵士留他们在船上吃饭。盛情难却，他们欣然接受了。奥摩尔看到这一切都表示惊奇。房间里的家具、壁橱、船上的枫木和紫檀做成的装备，引得他赞不绝口。艾尔通则相反，他对于这些不必要的消费并不十分欣赏。但是，这位水手长对这条游船从航行的角度作了一番考察。他一直参观到船腹，看了看机器，问了问机器的马力和耗煤量。他又去了煤舱和粮舱，他还特别关心武器间，了解了大炮的性能和射程。门格尔听了他那些专业方面的谈论，知道艾尔通是个内行人。最后，他又检视了桅杆和船具，参观到此结束。

少校总觉得那水手长的面孔和举止不对劲，不过他没有表露出来，大家也都没在意。

天色已晚，乘客和爱尔兰人分手了。艾尔通和奥摩尔全家回到了他们的庄园。车马都应该为明天准备好，起程时间是明早八点钟。

一切准备就绪，海伦夫人看见为她准备的铺位，高兴极了。那辆巨大的原始的牛车，她也喜欢。那六头牛，一对对地排着，神气得像老家长一样，也合她的口味。艾尔通拿着牛鞭，在等候着新主人的命令。

起程信号一发，海伦夫人和玛丽小姐上了“卧车”，艾尔通爬上御座，奥比内钻进后车厢，其余的人都跨上马。奥摩尔叫了一声："上帝保佑你们！"随着牛马的嘶鸣，车轮滚动了，车厢板咯吱咯吱地响起来，不一会儿，路一转弯儿，那诚实好客的爱尔兰人的农庄就不见了。

开始的这段路程没有什么引人入胜的。一连串的丘陵，广阔的荒地，一片片的灌木丛，几千米路走过，看来看去，人们都不免感觉单调、乏味了。

快到三点钟了，车子走过一大片无树的旷野，俗名叫"蚊原"。这里是名副其实的蚊子的世界，那些讨厌的昆虫不断地叮人，叮得那一行人和牛马都很苦恼。幸亏流动车子上有的是阿摩尼亚水，叮了就擦一擦，立刻止痒消痛，巴加内尔个子大，那些顽强的蚊子特别喜欢光顾他，他气得直骂。

景物显著地变化了，行人们都感到脚下踩踏着一片新的地面。他们始终沿着一条直线前进，即便遇到任何丘陵或湖泊等障碍也是如此。他们老是盯着几何学上那第一条定理，不折不扣地走着两点之间直线距离最短的路程。

这天，旅行队已到东经141° 30′的地方。那地方似乎无人居住，连土人的影儿也不见一个。因为那些未开化的民族都在大令河和墨累河支流的尽头——那片人迹罕至的广大地区中活动。但是，一个很少见的壮观场面使旅行者兴奋起来。大陆上有些大胆的投机商人贩运牲口，从东部的山区到维多利亚及南澳等省来。旅行队有机会看见这庞大的阵容。

下午四点钟，一股漫长的尘埃带从地平线上升起。艾尔通说那是牲畜走过时扬起的灰尘。

那片烟渐渐飘近，里面传出羊咩、马嘶、牛哞的合奏曲，在这牧区交响曲中，还夹杂着人的叫喊声、口哨声和叫骂声。爵士迎了上去，不加拘束地与畜群总指挥交谈起来。

牧守的名字叫山姆·马彻尔。这些牲畜是从蓝山那带平原上买来的，买时很瘦，现在要把它们赶到南澳那些丰美的草场上，等养肥了，再高价出售，净赚利润五万法郎。

牧群继续沿含羞草丛缓缓前行，海伦夫人和玛丽小姐及骑士们都来到大树下，听那牧守说话。旅客们都赞美这支庞大的走兽军队的秩序。

那牧守对远征的细节讲得很详细。他说，只要这支大军在平原中走，一切都不成问题。牲畜白天在沿路吃草，在小沟里喝水，夜时睡觉，狗一叫，全体马上集合起来，都很听话。但是到了大森林里，穿过那些植树和木本含羞草丛，就困难多了。这时，牧畜混杂起来，或者跑散了，要费好长时间整顿好秩序。万一不幸，一个首领走失，要不惜一切代价把它找回来，否则它们就有溃散的危险。万一下大雨，更糟糕，懒的牲畜不肯前进，要是遇到大风暴，牲畜吓得发狂，整个牧群纷纷乱窜。

然而，由于那牧守的机智和勇敢，他居然克服了这种种困难。他老是往前走，一千米一千米地挪动着，把许多平原、树林、山丘都抛到后面去了。但是，除了机智、勇敢以外，还需要一种更高贵的品质，就是耐性——这种耐性过河时特别需要。

在他叙说的时候，牧群已井然有序地走过好长一段路。这时，他该赶上队伍的前头，选择最好的牧场了。所以，他向爵士告辞，跨上了土产良马，热诚地向大家拱手告别。不一会儿，消失在一团灰尘之中。

劳累了一天，队伍终于又一次停下来了。地理学家郑重其事地提醒大家说，今天是12月25日，圣诞节到了。司务长并未忘记这个重大节日，因而一席美味可口的晚餐上桌了。晚饭做得太好了，有鹿火腿、腌牛肉、熏鲑鱼，大麦粉和荞麦做成的蛋糕，还有中国名茶任大家喝，还有大量的威士忌和几瓶保尔多葡萄酒。大家吃着，简直以为是在夫人家中的玛考姆府的大餐厅里呢！

第二天十一点钟的光景，牛车到了维买拉河河岸。河有半英里宽，河湾很多，流水曲折迂回在这片引人入胜的原野上。这时，车停在这片地毯似的草地上，草地边缘长满蓬草，在水中倒映着它们的倩影。河上没有木筏和桥，只好找片浅滩趟水而过。在上游四分之一千米的地方，河水较浅，大家准备在这里涉水过河。

艾尔通坐在御座上牵着牛，指挥着。少校和两个水手在前面挡住激流，爵士和船长在车子两旁，准备随时护驾那两位女客。地理学家和小罗伯特作后卫。到了河中心，水深了，直淹到轮轴。艾尔通勇敢地效劳，自己下水把住牛角，终于把牛车带到了正路上来。就在这时，没想到车子忽然一晃，咯啦一声，车身歪得厉害。幸亏艾尔通抓住牛轭，使劲一扳，又把车子向反向扭转过来。过了一会儿，终于安全过了河。大家虽然湿得透心凉，但心里还是踏实的。不过，车子的车厢碰坏了一点儿，爵士的马的前蹄铁掌也丢了。

这种意外的损失急需修理，大家面面相觑，十分为难。艾尔通这时又自告奋勇，愿意去数千米外的黑点站找钉马掌的铁匠来。几分钟后，那水手长艾尔通骑了快马，在一排茂密的木本含羞草后面消失了。

少校看见艾尔通离开宿营地，好长时间没回来，心里颇有点儿忐忑不安。不过，这种内心的恐惧没有维持多久，艾尔通准时回来了，铁匠也找到了。

这位铁匠说话不多，是个不随便浪费口舌的人。他身材高大，健壮有力，但是满脸横肉，一脸凶相，叫人讨厌。

“这铁匠行不行？”船长问。

“我也拿不准，”艾尔通说，“让他试试再说吧。”

那铁匠动手了，做活儿很熟练。麦克那布斯见他的两只手腕上的肉都削掉一圈，血涨成紫黑色，仿佛戴了一副手镯，这显然是一种新近的伤疤，那件破旧的毛线衫并没有遮掩住这块疤痕。少校问起铁匠，这伤痛不痛？但铁匠毫不理会，只是埋头做事。

两小时过后，车子修好了，爵士的马也很快钉上马蹄铁。钉上的马蹄铁很特别，它呈三叶状，上端剜成叶子的轮廓。少校拿那马蹄铁给艾尔通看看。

“这是黑点站的标志，”水手长回答，“为了便于寻找丢失的马，不至于和其他站上的马蹄印分不清。”

钉完之后，铁匠要了工钱就走了，总共说了不到四句话。

稍歇一会儿，旅行队又上路了。海伦夫人把骑士们轮流请到车上来，每个人都有机会下马进车里休息一下。能同和蔼的夫人聊聊天，并有美丽的玛丽小姐陪着，是一件很荣耀的事。而且还会受到夫人的殷勤招待。当然，门格尔船长也有份，他那略带庄重的谈话并不讨厌，相反的，却使人听了开心。

第二天十一点钟，他们到达了一个相当重要的城市卡尔斯白鲁克。艾尔通主张绕过这个城市，以便节省时间。牛车继续缓缓前行。

直到这时，还没有碰见一个过着原始生活的土人。爵士已经在怀疑是不是和阿根廷的幡帕斯一样，没有印第安人，澳大利亚大陆上无澳大利亚土人吗？但地理学家说，在这条纬线上，土人主居地是在墨累河那带平原上，那带平原由此向东还有三百二十里远呢。

这时，响亮的汽笛传来，旅行队离铁路很近了。

南纬37° 在离卡斯尔门站几英里处有一座铁路桥，叫做康登桥，架在墨累河的一条支流吕顿河上。就在艾尔通赶着牛车朝康登桥走着的时候，道路上有一大群人从车旁跑过，也都在向这座桥奔去。附近居民和正在牧羊的人都一齐围到铁路旁边来了。人们到处可以听到一个重复着的呼声。

“到铁路上去！到铁路上去！”

我们的骑士们受此影响也都跑在牛车前面，想尽快赶到康登桥，以满足一下自己的好奇心。爵士催着马，其他人在后面跟着，不消几分钟，就赶到了康登桥。到了桥边，人们才知道骚动的原因。

原来这里发生了一起悲惨的车祸，不是撞车，是火车脱轨落到河中。这情况使人联想到美国最为严重的火车交通事故。铁路穿过的小河被火车头和车厢塞满了。也许是由于车子太重，把桥压断了，也许因为车轮脱轨，六节车厢中有五节钻到河底，只有最后一节，不知铰链怎么断开了，奇迹般地保留下来，距深渊只有一米多远！

河水中的景象惨不忍睹，车轮扭坏了，车厢撞散了，铁轨压弯了，枕木烧焦了，汽锅被撞开炸裂了，大块儿的碎片满地皆是。大片大片的血迹，东一处西一处的残骸断肢，烧成焦炭的躯体，遍地可见。谁也不忍心去数数共有多少血肉模糊的遇难者。

这时，爵士向那里的总监说明了身份，就和一位警官攀谈起来。这警官又高又瘦，镇定万分，机智能干。他在这场惨祸的面前，就像一个数学家面对着一道算术题一样，他没法解决这道难题的未知数。所以，当爵士叫道："真是一场惨祸啊！"他却冷冷地回答道："不止是惨祸，爵士！"

"不止是惨祸！"爵士惊叫一声，"还有什么呢？"

"而且是一个罪行！"那警官安然地回答。

总监义愤填膺："最后一节车厢的行李曾遭到抢劫，未遇难者中有五六个人还遭受了暴徒袭击。转桥是被人转开的，而不是疏忽大意。而且守桥员也失踪了，或许他和罪犯是一伙儿的。”

警官对总监的武断只是摇头。

正在这时，一片相当大的喧哗声从上游五百米外的地方传来。人围成一团，围得水泄不通。人群中抬出一具尸体。这尸体正是守桥员，已经冰凉了，心口被捅了一刀。

这时，牛车已经到了铁路和公路的交叉点。爵士不愿让女客们看到那目不忍睹的惨状。于是，和总监打了个招呼，便告辞了。

·品读与欣赏·

奥摩尔农庄里，大家正在为得不到有用的信息黯然神伤时，旁边工人中站出了不列颠尼亚号上的水手长艾尔通，一段到内陆寻访格兰特船长的牛车之旅开始了。然而，艾尔通避开人员众多的城市，让人颇费思量，康登桥惨案又给旅途的前景蒙上了一层不安定的阴影。所有这些，给人们暗示些什么呢？人们的情绪从开始的舒适、惬意，隐隐变得有些不安；情节发展从开始的纡徐舒缓，也逐渐加进了迅疾的鼓点。

·学习与借鉴·

1. 设置悬念：卡尔斯白鲁克是寻访途中一个相当重要的城市，可以获得更多信息，可艾尔通却主张绕过城市，他在害怕什么呢？小说通过这一细节，勾起大家解开谜团的兴趣。

2. 场面描写：康登桥边的车祸，火车脱轨落入河中。作者通过对车轮、车厢、铁轨、枕木、汽锅，以及血迹、遇难者的残骸断肢、烧成焦炭的躯体的描写，突出了景象的惨不忍睹，从侧面写出匪徒的残忍与毫无人性。

第十四章　彭·觉斯

1866年元旦的第二天，爵士的牛车队伍走在维多利亚省黄金之乡的道路上，继续着他们未完的旅程。

自康登桥惨案以来，旅行队的戒备严了许多，以前的预防措施根本不用了。现在规定：首先，打猎的人不得跑得太远，不要看不见牛车。其次，夜晚宿营轮流看守车子。早晚枪里都装满子弹。显然在澳洲内陆有伙强人在荒野中出没，他们不得不做好应对一切可能的突然袭击的准备。

走过基莫公路一千米之后，牛车钻进一片桉树丛林。这片丛林大得横跨好几个经纬度，旅客们钻这种丛林，自百奴衣角出发以来，还是第一次。大家看到这些六十米高，臃肿的树皮有十五厘米厚的大桉树，不禁发出啧啧的赞叹声。树杆很粗，约有六米，上面还流着有香味的树脂，它一直挺到离地四十五米的高度。在这个高度下，没有枝杈或随便生出的芽蘖，甚至没有一个疙瘩破坏这些树杆的侧影，就是木匠用刨子也很难刮得这么顺溜、干净。这些大树，一连就是几百棵，和排柱一样，粗细均匀。

鹦鹉鸣唱声、马蹄声、人语声，都在伴着牛车安闲地“挪动”，表面的安详衬托着内心里的隐隐不安。【环境描写】

牛车在这无边无际的桉树林中挪动着，没有碰到一只野兽，一个土人。只有树上的几只鹦鹉与他们为伴，在枝头为他们唱进行曲。在这座其大无比的绿色世界中，只有马蹄声，轻轻的人语声，辚辚的车轮声和艾尔通赶牛的吆喝声。

漫长的路径，好像永远也走不完。

新年第三日晚上九点钟，月亮已从东方升起，透过一片雾气，倾射出万丈光芒，天渐渐黑下来。全队人马走在塞木尔镇的马路上，巴加内尔在前面领路，他好像对未见过面的东西都很熟悉。这或许是他的本能，他一直领着大伙到了康倍尔旅馆。

牛马和车子安排下来，旅客们被领到相当舒适的房间里歇息。

塞木尔街上有了某种程度的骚动：一簇一簇的人群不知在谈论什么，你一言，我两语，显得紧张不安，有人在高声读着当天的报纸，并加以讨论。这种迹象，没有逃脱少校的眼睛。他跑得不远，甚至没出旅馆大门时，便觉得街上的气氛不对头。他和那健谈的旅馆经理狄克逊谈了十分钟话就知道是怎么回事了。

但是他一声不响。等吃完晚饭，两位女客回房休息了，他留下其他人，说：“大家知道康登桥血案的凶手了。”

“赶忙问”“又补充”，艾尔通对康登桥凶犯的结局表现出过分的热心。【对话描写】

“抓到了吗？”艾尔通赶忙问。

“没有。”少校说，并没有显出和那水手长一样焦急的情绪。

"太可惜了！"艾尔通又补充了一句。

"那么，那血案是谁做的呢？"爵士接着问。

"你看报纸好了，"少校说着，递给格利纳帆一张报纸，是昨天的《澳大利亚暨新西兰报》，"你看了日报就知道那警官猜得不错。"

格利纳帆于是高声读着下面的新闻：

1866年1月2日，悉尼消息——大家还记得，12月29日夜间，在康登桥上曾发生一起特大铁路事故。火车十一点四十五分过吕顿河时，康登桥居然是开着的。

失事的搜劫以及距康登桥五百米的守桥员尸体的发现，证明了这惨案是由一个罪恶的阴谋造成的！据调查结果得知，六个月前西澳伯斯的拘留营准备将一批流犯移送诺福克岛，途中这批流犯逃脱，康登桥惨案就是他们所为。

这批流犯共二十九人，为首的叫彭·觉斯，他是最狡猾的匪徒，在几个月前，不知乘什么船到达澳大利亚，虽然官厅通缉他，却一直未抓获。

希望城市居民、乡野移民及牧民们各自提防，并协助缉捕，将有关消息随时报告本殖民地总监！

殖民总监米彻尔

读完消息后，爵士说："我在发表意见之前，想听听艾尔通的看法。"

"我想，"艾尔通说，"我们距墨尔本三百二十里，如果有

此句揭示出了艾尔通绕开城市走的原因。【前后照应】

危险的话，向东和向南一样。两条路上都是人迹罕至，一片荒凉。而且，我不相信三十来个强人，我们这群手中有武器的男子汉就对付不了。因此，要是我，除非有更好的计划，否则继续前行。”

“说得对，艾尔通，”地理学家附和说，“我们继续前进，或许能找到格兰特船长的影子。若是转过头来向南，我们就背离格兰特的踪迹，越走越远了。再说，一批伯斯来的逃犯，有勇气的人不会把他们放在眼里的。”

这样一说，不变的原定计划举行表决，全场无异议通过了。

“我还有一点建议，爵士。”艾尔通又说。

“说吧！”

“派人送个命令给邓肯号，叫它开到东海岸是不是可以？”

“恐怕不合适吧，”船长回答，“我们到了杜福湾，再发命令也不迟。要是发早了，万一出现意外迫使我们回墨尔本，我们会后悔找不到邓肯号了。而且，船坏得不轻，此时也修不好。由于种种原因，我们等等再发命令为好。”

一计不成，旋即韬光养晦，“也好”“未坚持”突出了艾尔通的世故、狡猾。【语言描写】

“也好，”艾尔通回答，他并未坚持他的意见。

第二天，旅行队离开塞木尔镇。大家全副武装起来，准备应付外来事故。半小时后，大家又进了向东延伸着的桉树林。格利纳帆宁愿在旷野里旅行，因为旷野比树丛中好，强盗不易隐藏埋伏。但是现在，没有选择的余地。晚上，沿安格尔塞区北境走了一程之后，大家就在墨累县边境上宿营了。

1月5日早晨，大家踏进了那广袤无边的墨累区域。这片荒芜的地区一起延伸到大洋洲的阿尔卑斯区的那一带巍峨的山脉。现代文明还没有传播到那一带，这是维多利亚省人迹罕至的地域。

爵士的队伍一直向着太阳升起的地方前进，他们的足迹在平原上划下了一条直线。平原有时出现一些曲折的河流，河边是黄杨树，河水有时涨了，有时干涸。这些河流都发源于山岭成串的野牛山，它在地平线上呈波浪起伏状，景象秀丽。

大家决定当夜就宿在山脚下。艾尔通赶着车，加快了脚步，这一天已走了五十五千米，牛已经相当疲劳了。天黑了，他们终于按时到达此地。帐篷支在大树底下，晚饭也匆匆了事，疲惫已使他们感到睡觉比吃饭更为需要。

1月9日，不管乐观的巴加内尔怎样保证，困难并未后退，相反，困难更多了。没有现成的路，要到处乱找，有时钻到又窄又深的山坳里，结果却发现“此路不通”。就在艾尔通感到进退两难时，无意中，他们发现山路旁边有一个破破烂烂的小酒店。

“在这儿怎么会有人开酒店，老板在这儿怎么发财？”巴加内尔倒替别人发起愁来。

“不过，毕竟起到了给我们指引路线的作用，”爵士说，“我们进去看看吧。”

这家小酒店的名字叫“绿林旅舍”——一个怪怪的名字。

爵士和艾尔通一前一后跨进了小店门槛。

店主是个一脸横肉的粗鲁的汉子。店里经营烧酒、白兰地、威士忌，老板自己也是最主要的顾客。没有客人来时，他常常自斟自饮。爵士问了酒店老板几个问题。老板一脸的不高兴，但毕竟从他的回答中，爵士知道了路途的大致方向。

当几个人走出酒店门口时，一抬头，看见了墙上贴着的一张告示。

这是一张殖民地警察局的通告。通告上说，伯斯有一批流犯潜逃，现在通缉首犯彭·觉斯，如有人将该犯捕获，送交当局，赏金一百镑。

“这个浑蛋，真该把他绞死！”爵士说。

“首先抓住他才行！”水手长回答，“一百镑啊！可不是小数目！其实那家伙不值这么多。”

言语中透露着匪首的自信甚至狂妄，“自谦”中带有骄傲，其狡猾的心理通过轻快的语言表现出来。【语言描写】

“酒店里的老板，我看也不像好人。”爵士又说。

“我看也不像好人。”水手长附和着。

艾尔通套上牛车又继续赶路了。他们向卢克诺大路的尽头走去。那里蜿蜒着一条羊肠小道，斜贯山腰。大家又要开始爬山路了,这条山路坡度大，马上和车上的人不得不经常下来步行。上坡时，车子太重，人要帮着推；下坡时，车速太快，人又要在车后拉着。转急弯时，车辕太长，拐不过弯来，又得把牛解下来。

不知是由于疲劳过度，还是由于生病，穆拉地的马突然死了。这让大家颇费猜疑。水手长检查了一下，发现马并没有什么病。

“这牲口一定是某条血管破裂而死的。”爵士说。

“可能如此。”水手长回答。

爵士把自己的马让给了穆拉地，自己跟夫人坐车去了。这行人又继续前行，那匹死马只好放在原地成为老鹰的一顿美餐。

此时，艾尔通再一次催促爵士下令给邓肯号，让它开到太平洋沿岸来，以便寻访，还说现在有大路通往墨尔本，交通便利，过了这儿就没有大路了。爵士有点儿犹豫不决，由于少校的坚决反对，事情没有按艾尔通的意见执行。少校从艾尔通的神态上觉察到他好像有些失望，但他什么也没说。

少校屡次注意观察艾尔通，反映出军人特有的机警，“什么也没说”，反映出他做事谨慎。【细节描写】

澳大利亚的山并不高大。宽度不过五千米，如果选择正确的话，翻越此山在四十八个小时内可以完成。到山那边以后，路途上就没有什么不可逾越的障碍了。所以，当人们走下阿尔卑斯山，踏上吉普斯兰平原的大道时，大家像过节一样欢欣鼓舞。

吉普斯兰平原地势平坦，但是天气太过闷热。巴加内尔的马走着走着倒地而亡。快到傍晚时分，威尔逊的马也死了，更为严重的是有三头牛也死了！一连串的意外事故，让大家不安起来，门格尔和爵士更是心急如焚。他们连忙检查剩下的牲口，可还是没有发现任何异常现象。

路变得越来越难走，在距离斯诺威河河岸不远的地方，牛车的一只轮子陷进了泥坑中，再也走不动了。于是，大家决定停下来过夜。

夜里两点钟，天空中乌云翻滚，电闪雷鸣，下起了滂沱大雨。帐篷挡不住雨水，男士们只好躲到牛车里来了。大家都不能入睡，只好随便谈点家常，唯有少校默默无言。

天亮后雨停了，但太阳并没有从浓厚的云层中露出来。遍地是泥泞，原本就被泥坑陷住的牛车陷得更深，半个车轮都被埋在烂泥里，想弄出来谈何容易！于是大家决定用马拉人推的办法，合众人、众牲口的力量，把车从泥坑里给拉出来。

于是，爵士、两名水手、船长和艾尔通都钻进树林中去领昨夜拴好的牛马。可等大伙到拴马的地方一看，哪里还有牛马的影子！大家四处寻找，结果一无所获。就在大家已经失望，准备返回时，在高大的胃豆草丛里发现了它们。两头牛和三匹马躺在地上，已经僵冷，只有一匹马和一头牛幸存。爵士和旅伴们相对无言，只有威尔逊忍不住破口大骂。

“骂又有什么用，威尔逊！”爵士说，其实他自己也有点按捺不住了，“事到如今，只好把剩下的一头牛和一匹马牵回吧，以后的日子全靠它们应付了。”

艾尔通牵着牛马和爵士他们回到河边。一见面，少校就对他说："咱们真是太可惜了！要是在过维买拉河时，我们的牛马都钉上黑点站的马蹄铁，应该就没问题了。"

少校与艾尔通的对话充满了试探与掩饰，两个人的心理活动从对话中得以充分展示。一个是机警、慎重，暗藏机锋；一个是老谋深算，滴水不漏。人物形象呼之欲出。【对话描写】

"这是为什么？"艾尔通不解。

"您看哪，在所有的马中，唯有钉了三叶形马蹄铁的还活着，其他的都死光了。"

"确实是啊。"门格尔说道。

"这不过是碰巧而已。"艾尔通看了看少校，回答道。

少校动了动嘴唇，像是有话要说，但又忍住了。大家等着少校说下去，但是他向艾尔通那边走去。这时，艾尔通正在检修车子。

"他说那话什么意思？"爵士问门格尔。

"谁晓得呢？"青年船长回答，"不过，少校那个人倒很少没根据地乱说。"

"可能少校对艾尔通有点怀疑。"海伦夫人猜测说。

"怀疑？"地理学家反问，耸了耸肩膀。

"怀疑什么呢？"爵士问道，"难道艾尔通会毒死牛马？他为什么这么做呢？他不是和我们一条心吗？"

"也许，我的话错了，从开始旅行起，艾尔通对我们表现得很忠诚。"海伦夫人纠正说。

夫妻的对话表现了二人的宅心仁厚。【语言描写】

"但是，既然如此，少校说那句话肯定有他的理由，我一定要问个明白。”船长说。

“是不是他认为水手长和流犯是一伙儿的呢？”心直口快的地理学家说。

“什么流犯？”玛丽小姐问。

“巴加内尔说错了，”船长赶快补充说，“大家都知道在维多利亚省是没有流犯的呀！”

巴加内尔也极力想挽回说错话带来的尴尬，结果适得其反，越描越黑。

为了不使地理学家过分紧张，夫人带着玛丽小姐到了帐篷的另一边。

“我真该把自己当做流犯押出边境才好。”巴加内尔后悔地说。

“我想也是！”爵士回答。

艾尔通和两名水手设法要将稀泥中的牛车拉出来，可是无济于事。大家只好回帐篷商量对策。

此时，距离杜福湾海岸有七十英里，只要到达杜福湾，他们所需要的一切都能购买到。因此，大家一致主张丢掉马车，利用幸存的牛马，一头驮行李，一头驮女士，继续向海岸进发。勇敢的海伦夫人和玛丽小姐也毫不示弱，她们保证每天走五英里。

“爵士，那邓肯号怎么办？现在让它开到杜福湾，正是时候。”艾尔通不失时机地又一次提起邓肯号。

言语中已经表现出迫不及待的焦急，人物的神情、面貌隐约可见。【语言描写】

"你觉得呢？门格尔。"爵士问。

"我觉得不用急着叫邓肯号过来，到时候我们有的是时间。"门格尔想了想，回答说。

"是的，很显然是来得及的。"地理学家补充一句。

"而且，不要忘记，四五天之后，我们就可以到达艾登城。"船长又说。

但是艾尔通告诉大家如果没人帮忙的话，一个月后我们还会留在河边，因为下面的路太难走了。最好的办法是让人送信给邓肯号的大副奥斯丁，让他把船离开墨尔本开到东海岸来。

就在大家对艾尔通的建议争论不休时，麦克那布斯少校却一反常态地表示支持。他的这一举动就连艾尔通本人也感觉有点奇怪。

找人去给奥斯丁送信的事最后决定下来了。在选派谁去送信的问题上，大家又开始你争我抢。比较来比较去，艾尔通以他路途熟等优势最终得以通过，因为再没有比艾尔通更合适的人选了。水手长脸上露出了得意的神色。

"得意"的神色，暴露了匪首计谋得逞后的喜形于色。【细节描写】

爵士雷厉风行马上铺开纸张开始写信。当爵士写信过程中正要署艾尔通名字的时候，麦克那布斯少校却突然插了一句，问艾尔通名字如何写。

"照音写啊。"爵士回答。

"你弄错了，"麦克那布斯少校镇定地回答，"读音是读成艾尔通，可是写出来却是彭·觉斯！”彭·觉斯这个名字一说出口，现场立刻像是响起了一道霹雳。

艾尔通立即挺起身，举起手枪，砰的一声，爵士应声倒地。这时外面也响起了枪声。

·品读与欣赏·

塞木尔大街上的人们有些骚动，报纸新闻证实康登桥惨案的罪魁祸首是匪徒彭·觉斯一伙。艾尔通对搜捕匪首一事表现出过分的热心，他一再要求爵士下达命令把邓肯号开到杜福湾，而寻访队伍中的牛马又接二连三地莫名死去，这一切使得少校对队伍前景、命运更加担忧。当一切似乎按着预想的结果发展的时候，少校出其不意地揭穿了艾尔通的面目，于是，艾尔通变成了彭·觉斯，爵士恍然惊觉时，被匪首一枪击中。本章情节发展线索明晰，人物对话展现心理活动突出，人物的个性特征得到充分展示。

·学习与借鉴·

1. 对比修辞：雨夜话家常，大家对眼前危险的茫然无知，而少校则表现得默默无语，他对前景忧心忡忡、苦苦思索，两者形成对比，突出少校遇事冷静、警惕性高的性格与职业特点。

2. 语言描写：艾尔通在绿林旅舍外与爵士的对话中，“首先”“才行”“不小的数目”透露出匪首的自信甚至狂妄，“自谦”中带有骄傲，其狡猾的心理表露无遗。

第十五章　麦加利号

事情发生得如此突然，以至于枪声一响时，门格尔船长和两名水手一下子全愣了。但当他们反应过来想扑过去抓彭·觉斯的时候，那家伙已经趁乱跑到树林中与自己的同伙会合了。

爵士的伤并不重，由于彭·觉斯是情急之下开的枪，他的目的在于趁乱逃走，所以并没打到要害。

“快进牛车，快进牛车！”船长一边喊，一边拉着海伦夫人和玛丽小姐跑到车后。因为厚厚的车厢可以挡住匪徒们射来的子弹。随后，船长、少校、巴加内尔、两名水手，都抓起马枪还击。爵士和罗伯特也钻到女士的车厢里，同时司务长奥比内也从车厢里跑出来，准备和大家一起自卫。

彭·觉斯躲进树林后，枪声立刻停止，接着是死一般的寂静。只有几团白烟在胶树枝上缭绕着，一片片茂密的胃豆草纹丝不动，好像原来的那一幕全是幻觉。

少校开始讲述他所了解到的事情。他先讲了海伦夫人和玛丽小姐尚不知道的铁路桥血案和警方通缉彭·觉斯的事，然后叙述了他一路上对艾尔通的观察：在维买拉河时，艾尔通与铁匠交换过眼色；每当穿过一个城镇时，艾尔通都有些迟疑；艾尔通多次要求把邓肯号调到东海岸来；他照料的牲口先后离奇死去以及他的态度总是含含糊糊，说话总喜欢闪闪烁烁等，每一个细节都没能逃得过少校锐利的眼睛。最后，少校详细地描述了他昨天晚上的所见所闻，确切无疑地证实了他对艾尔通的怀疑。

昨天夜里，少校突然醒来，由于过于劳累，他睡得不好。起床后，他发现树林里有东西在闪光，就在他为眼前望不到边际的菌类发出的磷光惊叹不已时，他看到有几个可疑的人影也在树林里晃动。凭直觉少校认为那些人不是自己人，于是，他没有声张，悄悄地靠近。只见三个人影在察看地上的脚印和马牛的蹄印，其中一个正是黑点站钉马蹄铁的铁匠。

“就是他们。”一个人说道。

“是的，没错，”另一个人回答，“三叶形马蹄铁印在这里。”

“从维买拉河到这里，一直如此。”

“他们的马都死光了，那毒草还真是起作用。”

“这胃豆草效力大着呢，能把一个骑兵队的马全给解决掉。”

“那三个后来不说话了，”少校又接着说，“我向前跟了他们一段路，后来他们又谈起来。那铁匠夸奖彭·觉斯真能干，把格兰特船长的故事编得活灵活现、天衣无缝，真不愧是个水手。并且说这次要是成功了，他们就可以发大财了。之后，他们三个坏蛋就离开了胶树林。”

少校讲完他的故事不说话了。他的旅伴们也静静思考着事情发生过程中被自己忽略到的一些细节，一个个对自己的粗心后悔不已。

“好个艾尔通！”爵士生气地说，“原来把我们引到这里，就是要抢劫我们，杀害我们啊！”

“没错！”少校十分肯定地回答。

“那么说，他的同党一直在跟踪我们，寻找机会对我们下手，对不对？”

“是的！”

“那个可恶的艾尔通，一定不是不列颠尼亚号上的水手了？那他的服务证也是盗窃的？”

大家用焦急的目光望着少校，他们也已经考虑到这一点了。

麦克那布斯看着大家焦急的样子，说出了他自己这些天来的思考。

“我是这样想的，这人的真名字倒是叫艾尔通。所谓彭·觉斯，是他做土匪时用的假名。并且不可否认，他认识格兰特船长，做过不列颠尼亚号上的水手，否则，他不可能对格兰特船长的事说得那么清楚。并且，他同伙的谈话也可以作为旁证。我们可以肯定：彭·觉斯就是艾尔通，也就是说，不列颠尼亚号的水手做了流犯团伙的头目。”

艾尔通的阴谋一败露，所有的希望也如五彩缤纷的肥皂泡一样随之破灭了。不列颠尼亚号压根儿就不是在杜福湾触的礁！格兰特船长也根本没有踏上过澳洲大陆。对三封信件的错误判断再次把大家引入了歧途。

大家看着愁眉不展的姐弟俩，闷闷不语。

屋子里待不住了，爵士、门格尔、麦克那布斯、巴加内尔相继走出帐篷。

“我们不能在这儿坐以待毙，还得想法子，要做艾尔通在这之前要我们做的事。”门格尔说。

“什么意思？”爵士追问。

“我是说，我们得赶紧求援，既然我们到不了杜福湾，那就得派人去墨尔本与奥斯丁联系。”

“三百英里的路，危机四伏！彭·觉斯那帮浑蛋一定是把大小路口全都封死了。”爵士说。

门格尔、巴加内尔、麦克那布斯、穆拉地和威尔逊都主动要求担当此任。爵士只好决定用抓阄的方式选定一个联系人，并且把自己的名字也写了进去。结果抽到了穆拉地，穆拉地高兴地跳了起来。

“爵士，我准备一下马上就动身。”穆拉地立刻说道。

爵士紧紧地握住穆拉地的手，一切尽在不言中。然后，他便让少校和门格尔留下站岗放哨，自己回牛车那儿去了。

威尔逊为穆拉地准备马匹，他把马前蹄上的三叶形蹄铁去掉，然后从死去的那几匹马的马蹄上随便找到一个普通蹄铁换上。这样，那帮匪徒们就不能分辨马匹留下的足迹了。

爵士开始写让穆拉地带给奥斯丁的信，可他的胳膊受了枪伤，无法提笔，只好请巴加内尔代劳。而这时我们的地理学家正在凝神思考着那几封被他解释错误了的信件，对周围的一切并没注意。他心里翻来覆去地斟酌着信件上的一个个字词，希望能够从中理出个头绪来。

爵士又重复了一遍他的要求。地理学家才从懵懵懂懂中清醒过来。

“啊！好，我替您写！”

他一面说，一面机械地准备好一张白纸，然后手拿铅笔，听爵士念：

“汤姆·奥斯丁，即速起航，将邓肯号开到……”

巴加内尔正写完这个“到”字时，眼睛却瞅见了地上的那张《澳大利亚暨新西兰报》(Australia and New Zealand)。那张报纸是折叠着的，报头上的报刊名只露出“aland”这几个字母在外面。巴加内尔手中的笔突然停下了，忘记了自己在记录爵士口授信件的事。

“你怎么了，巴加内尔先生？”

“啊！”巴加内尔叫了起来。

“你有什么心事？”麦克那布斯问。

“没什么，没什么！”

然后，他便口中念念有词地在唠叨：“阿兰(aland)！阿兰！”

说着，他已站起身来，一把抓起那张报纸。他抖动着那张报纸，仿佛有许多话要说，可一时又不知道从哪儿说起，傻呆呆地愣在那里。但不一会儿，他平静下来，眼里流露出得意的光芒，然后，平静地说道：

“接着念，爵士，我听着呢。”

于是，爵士又继续口授道：“汤姆·奥斯丁，即速起航，将邓肯号开到南纬37°线横截澳洲东海岸的地方……”

“是澳洲吗？”巴加内尔问道，“啊，对的，是澳洲！”

随后，巴加内尔便离开了牛车，一边走，一边手舞足蹈地念念有词：“阿兰，阿兰！西兰(Zealand)！”

接下来没什么特别的事，穆拉地已经整装待发。巴加内尔又恢复常态，但仍能感觉他心里有什么东西没说出来。

六点钟，又下起了大雨。大家只好都到牛车里来吃晚饭。这牛车确实牢靠得很，它深深地陷在泥土中，牢固得和堡垒筑在石基上一般。至于武器呢？他们有七支马枪和七支手枪，弹药和粮食也很充足，抵抗几天没有什么问题。

八点钟，夜色已浓，动身的时候到了。穆拉地牵来马，为谨慎起见，马蹄上都已缠上了布。这样，马走起路来就不会发出一点声响。临行，船长又交给他的水手一支手枪，里面已经装好了五发子弹。

爵士几个人轮流和穆拉地握了握手，穆拉地扳鞍上马。爵士再三叮嘱：“一定要把信亲手交给汤姆·奥斯丁，叫他一刻不许耽搁，立刻开船到杜福湾。如果我们这一群人没有按时赴约，请他们火速前来救援！”

穆拉地抖动马的缰绳，一路疾驰而去，一会儿便消失在茫茫夜色中。

就在帐篷里的人们正听着外面传来的风吼浪翻的声音之时，一声尖锐的叫声传到他们的耳朵里。爵士、船长和少校赶过去一看，原来是穆拉地。

穆拉地没走出多远就中了彭·觉斯一伙人的埋伏。当他挣扎着逃回来时，已满身是血。怀里写给奥斯丁的信也被人抢了去。

“现在是不是再派个人去墨尔本？”爵士问。

“人是非派不可的！”船长回答说，“我的水手没有完成任务，这次由我来接替他！”

“不能这么做，门格尔。跑三百里路，连匹马也没有怎么行呢？”

穆拉地骑走的那匹马，始终没有出现。它是被打死了呢？还是在荒野中跑掉了呢？还是被流犯夺去了呢？不知道，大家都在忧虑和不安中过着日子。

穆拉地渐渐清醒，他提供了一个有用的线索。彭·觉斯一伙将他刺伤后，以为他死了，昏迷后他听到彭·觉斯告诉同伙，从根布比尔桥过河，可以很快到达海岸边。爵士听后，立刻决定跟过去。但考虑到匪徒可能会据守在桥的附近，设下埋伏袭击他们，巴加内尔和门格尔提出先去侦察一下情况。可是，当他们深夜十一点全身疲惫地回来后，带来一个坏消息，流犯过桥后把桥拆了！

为了尽快渡河，赶在歹徒之前到达杜福湾，爵士带领大伙日夜不停赶造木筏，可是河水太急，木筏一放进水里就翻了，门格尔和威尔逊还差点儿把命搭进去。没办法，人们又重新打造了一只更大的筏子。

等到21号的时候，老天眷顾，河水回落了不少，没有原先那么湍急了。渡河马上开始了。

开始的时候，渡河还比较顺利，可当人们心里正在为即将到达对岸暗暗高兴的时候，木筏与岸边的陡坡相撞，船翻了。转瞬间，大家的行李物品纷纷落入水中，随波而去，每个人也都成了落汤鸡。

经过很多磨难后，大家终于平安来到了德勒吉特城，他们很快备好交通工具。爵士在心里祈祷，如果邓肯号稍许耽误一下，这里的一行人便可到达杜福湾，那么邓肯号还有可能从那些匪徒的手里逃脱这次劫难。

几个人坐上一辆邮车，向着目的地飞驰而去。邮车的车夫听说可以多给酒钱，更是快马加鞭，马不停蹄。于是在第二天太阳初升的时候，他们便来到了海边。

当海的模糊身影刚刚跳入人的眼帘时，大家便极目向海天的深处眺望，仔细搜寻着邓肯号的影子，希望能看到奇迹的出现。当车夫在离港口的信号灯不远处停下来后，大家看见，在码头上停着几只船，可就是没有邓肯号的影子。人们怀着忐忑的心揣测着，爵士又给墨尔本船舶保险经理人联合会拍了电报。

然而，据传来的消息说，邓肯号已于本月18日起航，去向不明。

爵士的精神一下子垮了，电报从他的手中飘落到地上。

很显然，那艘原本为了正义事业而环游世界的游船现在成了一帮海盗的坐骑，彭·觉斯成了它名副其实的主人！

没有了继续寻访格兰特船长的工具，甚至连大家返回欧洲的坐具也没有了。大家心里说不出的沮丧。于是，当日众人决定，尽快赶到墨尔本，再取道回欧洲。

第二天，门格尔忙着去打听开往墨尔本的船什么时候起航。然而，结果令人失望，杜福湾没有去墨尔本的船，更没有去悉尼的。就在大家为了下一步怎样打算费尽脑汁的时候，巴加内尔却提出了一个大胆的建议。不知他什么时候到杜福湾去了一趟，从那里了解到在码头的商船中有一条驶往新西兰北岛的奥克兰，他便想先乘船到奥克兰，再搭半岛邮船公司的船回欧洲。

只是，这一次，我们的地理学家再也没有了以往滔滔不绝的长篇宏论。不过巧的是，奥克兰正好是在这一行人一直沿着走的37° 线上。

门格尔支持巴加内尔的意见。他还劝说大家接受这个建议，因为在杜福湾等船的希望十分渺茫。说服了众人之后，他便领着大家一起去看看那条大船。格利纳帆、麦克那布斯、罗伯特等在他的带领之下，坐上一只小船，不一会儿便靠上那只大船了。

那艘大船的名字叫麦加利号，是一条两百五十吨的双桅帆船。它专门跑澳大利亚和新西兰间的短程航线。船长名叫威尔哈莱，面孔又胖又红，满脸横肉，塌鼻梁，脏兮兮的，又是一个独眼龙，嘴唇上沾满烟油，看了让人直恶心。

虽然大家看到船长粗野的态度心里很不舒服，可眼下没有其他的船只可以搭乘，于是，只好忍气吞声，随便将就了。

1月27日，一行人登上了麦加利号，住进了狭小的便舱。

巴加内尔默默温习了新西兰的全部历史，尽管他绞尽脑汁，可总想不出新西兰是个“大陆”，而对求救信上的那个词“contin”又想不出新的解释。

船主每天在船上都喝得醉醺醺的，水手们也仗着长期在这条航线上航行，任随船只摇摇晃晃向前漂荡着。

2月2日，麦加利号已经走了六天了。海上刮的是西南风，风帆胀满，整个骨架都在咯吱咯吱响着，让人提心吊胆。

晚上七点光景，天空像是突然黑了下来，墨黑一片，连哈莱船长也从醉乡中惊醒了过来。他唤醒水手，叫他们落下顶帆，扯起夜航帆。门格尔看着，不免心中称赞，此人还是颇有航海经验的。

风暴越来越大，海浪越来越高。突然间，左舷边杆上挂着的小艇被狂暴的海浪卷走了。

十一点三十分的时候，门格尔船长、威尔逊等人听到一声异样的响动，这让久经沙场的门格尔心中一沉。

“是逆浪！是逆浪！快！测水深，快！威尔逊！”

威尔逊非常迅速地做了这一切。“啊，只有九米！”他吃惊地大喊。

门格尔一听，立刻冲到哈莱的面前，脸色都变了。

“船长，船上了礁石了！”

哈莱无可奈何地耸耸肩。门格尔看到在他那里讨不到什么好办法，于是撇开他径直奔向舵把处，伸手转舵。威尔逊也拼命地拉着前桅的调帆索，让船凭借风力转向。船头在二人的协作下终于扭转了方向，躲避开了左边的礁石。

但危险并没有过去，刚过左礁不久，船右舷也传来了逆浪声。门格尔船长被迫再次转动舵把儿，调整帆索。这次却没能躲过暗礁，砰的一声，礁石与船相撞了。然而，就在此时，突然又一个大浪涌来，把船冲起，托送到礁石面上，然后猛然放下，前桅连帆带索全都折倒下来。这一下，船再也动弹不了了。

早晨四点钟，东方终于发亮了。海面晨雾弥漫，波浪在轻轻地涌动。稍远一点儿的地方，灯塔在雾气中闪烁着吸引人的光芒，陆地就在前面了。

但是，大家忽然发现，船长跟水手们都不见了。威尔逊准备把小艇放下海。谁知小艇早就没了踪影了。哈莱船长和他的水手们趁爵士等人睡觉的时候，在浓黑的夜色掩护下，放下右舷上仅存的小艇，逃走了。

·品读与欣赏·

艾尔通变成了彭·觉斯，寻访队伍被困斯诺威河岸。派出送信的穆拉地又被匪徒打伤，信件也被匪徒搜走。情势变得十分危急。无奈，大家只好用木筏横渡斯诺威河，乘邮车迅速赶往墨尔本。可是太迟了，邓肯号已经离开，显然已为匪徒所有。一行人登上麦加利号准备返欧，谁知船只中途遭遇风浪搁浅，船主逃跑。爵士一行人再次面临困境。本章情节为巴加内尔的成长提供了一个平台，几度误解信件内容，让他变得开始有了一点儿“城府”。大家行进的目标按照他心中所想进行，但他却不动声色。他的“神秘”构成了情节展开过程中的谜团，吸引着读者的目光“贪婪”地一路追随下去。

·学习与借鉴·

1.比喻修辞：艾尔通诱骗大家的阴谋败露，寻访之旅的所有希望也“如五彩缤纷的肥皂泡一样”随之破灭，形象地写出伙伴们因失望的打击而变得黯淡的心情。

2.情节铺垫：巴加内尔神思恍惚地替爵士写信，他一边口中念叨着：“阿兰，阿兰！西兰(Zealand)！”一边写下爵士要奥斯丁驾船停泊的地方。他是否把心中所想的内容错误地写在信里了呢？为下文邓肯号与爵士一行在新西兰海面的会合找到了合理的解释。

第十六章　啃骨魔

哈莱船长和他的水手们跑了，这艘船自然成为可以由爵士一行人自由支配的东西了。麦加利的货舱里装满了熟过的皮革，约有二百吨。为了减轻船的重量好让船只从水中浮起来，爵士下令将其中一部分扔进海里，这一下竟耗费了大家三个小时！

经过门格尔船长和水手们的检查，他们发现船底左侧有两个接缝口裂开了。幸好船是向右倾斜的，左边翘起，露出水面，水没能涌进舱内。威尔逊用麻丝塞进裂缝，再钉上一块铜片，修好了漏洞。

威尔逊潜入水下，摸清船头触到了一片泥沙滩，船嘴的下部和将近三分之二的龙骨都深嵌在泥沙之中，但大部分的船身却浮在水上。船长为了能让船在涨潮时翘起，先得在船尾下两个锚。为此，船长让大家用船上的断桅和酒桶先扎个木筏。于是，所有人都上了甲板，经过大家的共同努力，终于在下午两点的时候，造好了木筏。靠着它，众人把船上的便锚、主锚都扔到了船后的海里，就等下一次涨潮的到来。

“解语风”，意为了解人们心思、能听懂人们话语的风，这里写出了这场风的及时。【拟人修辞】

天刚刚亮的时候，天上又刮起了西北风，而且越刮越大。大家忙着做好准备，好利用这场解语风把船从泥沙里拽出来。

现在已经是上午九点钟了，距离满潮还有四个小时。潮水不断上涨，海面上波涛滚滚，白浪滔天。十一点钟的时候，看着海潮已经涨到了最高点，门格尔船长果断下达了命令：“转绞盘！”

两条铁链迅急被拉得笔直。风朝着船后的方向越刮越猛，帆被风吹得鼓鼓的，倒推着大船。船身开始晃动，眼看着大船就要被掀出泥沙漂浮到海面上来了。突然，绞盘在咔嚓一声中变成了一个再也不会动弹的“僵尸”了。

如果在这条浮不起来的船上干等着别人前来救援，那恐怕是在坐以待毙，因为这条船迟早会被巨浪打碎的。船长于是动员船上所有人员抓紧时间，赶快打造木筏，尽快划到新西兰海岸上去。

大家立刻行动起来，一分钟也不休息，干到傍晚，木筏已经初具雏形。于是，大家收了工，一起吃了晚饭。这时候是八点钟左右，海伦夫人和玛丽小姐回到便舱休息，巴加内尔同朋友们一起在甲板上一边踱步，一边谈论。巴加内尔问船长能不能划着木筏，沿着海岸行驶到奥克兰去，船长否定了地理学家不切实际的想法，告诉他，木筏太简陋，撑不到奥克兰就散架了。

第二天，2月5日上午八时，木筏终于造好了。

这天早晨，风势很顺。门格尔船长看到可以利用风做动力，又让人架起一个桅杆，四周用支桅索拉牢，桅上挂起一片便帆。木筏后部安一个宽掌舵，以便风力大时能操纵航向。这样，一个新型的运载工具便造成了。

九点钟，大家开始装食物了。先装上优质的粮食，接着贮藏室的粗粮、劣质饼干和两桶咸鱼也拿来凑数。东西的品质太差，但是也只能如此了。食物被装在木箱里，钉好木箱，既防潮又不透水。枪械和弹药也放在安全的地方。幸运的是，他们的短枪还在。另外，还装上一个便锚，防止一次涨潮不能把木筏送到岸边，只好在海中停泊。

十点钟，潮水开始上涨了。风轻轻地从西北方吹来，微小的浪花在海面上滚动着。

“上筏！”船长命令道。木筏载着几个人晃晃悠悠，向着前方飘摇而去。

“晃晃悠悠”一词形象、逼真地写出小木筏在微风中凌波而去时的形态。【用词准确】

一路风平浪静，时间接近中午的时候，木筏距离海岸只剩下五海里了。到晚上时，木筏距离岸边已剩下至多三海里。由于天黑，人们看不见前方水况，船长命令停锚休息。这么多的人，挤在一艘这么小的木筏上过夜，自然不是什么享福的事，条件所限，没有一个人抱怨。第二天，清晨六点钟船长就命令起锚了。所以在十点钟的时候，木筏不知被什么撞了一下，稳稳地停在了一块沙滩上，离海岸只有两百米。

登陆了！大伙儿一阵欢呼。

格利纳帆爵士、罗伯特、威尔逊、穆拉地立即跳进水里，用缆绳把木筏牢牢地拴在旁边的礁石上。大家随即把海伦夫人和玛丽小姐抱到了岸上，自然也不会忘了他们的武器和食物。

在海岸边休息了一天，第二天早晨六点，爵士发出了起程的命令。

地理学家拿出地图，计算了一下，认为最经济的办法是放弃沿着曲曲折折的海岸边走，而是先到五十千米外的隈帕河与隈卡陀江汇合的地方——加那瓦夏村。那里有“陆上邮路”经过，可以乘坐马车去奥克兰。

大家取得一致意见后，于是开始行动，各人背着自己用的干粮，开始绕着奥地湾的岸边前进。为了谨慎起见，同伴们之间的距离都不会离得太远，并且警惕地准备好马枪，时刻注意着高低起伏的草原上的动静。而巴加内尔则手里拿着从麦加利号“顺来”的精美地图，用艺术家的眼光一边欣赏着两边的美景，一边检查着地图标注与实际地理之间的差距。

“顺来的”是顺手牵羊的化语，原意为趁别人不注意偷来的，用在此处，表现巴加内尔不用费力就可以拥有精美地图的得意，同时也给小说语言增加了幽默色彩。【反语修辞】

快到黄昏的时候，爵士一行人加快了前进的脚步，因为他们知道，黑夜马上就要降临，而他们要在天黑之前赶到两河汇合的地方。这时，地面上升起了一片浓雾，路已经辨别不清了。视觉虽然被暗影蒙蔽，听觉还算灵敏。不久，愈走愈响的流水声告诉大家，目的地已经接近了。

晚上八点钟，旅行队停了下来。

“啊！限卡陀江终于到了！”地理学家叫道，“到奥克兰的路就在这条江的右岸向上。”

“我们今夜就在这儿宿营吧，”少校说，“前面有片阴影，大概是片丛林，正是掩蔽我们的好地方，我们吃完饭就休息吧！”

“今天的晚饭只有饼干和干肉了，不要生火。我们飘然而来，明早飘然而去。真幸运，这片雾叫人家看不见我们。”地理学家说。

大家到了小树林中，听从了巴加内尔的话，静悄悄地吃了晚饭。由于长途跋涉，个个都疲倦得很，不一会儿便进入了梦乡。

第二天天亮的时候，江面上弥漫着一片浓雾。空气中饱和的水汽遇冷凝结，给水面盖上了一层厚厚的云。雾霭氤氲，让这一片天地朦朦胧胧，若隐若现，增添了无尽的神秘色彩。不一会儿，太阳出来了，云雾在阳光的照射下蒸腾翻滚，渐渐变淡，显得尤其妩媚。最后，所有的烟霭消失得无影无踪，河岸的景色从浓雾中显露出来，限卡陀江在晨光中呈现出它美丽的倩影。

一只船在限卡陀江中逆流而上。只见它有二十米长、两米宽，高高翘起的船头和威尼斯的交通船一样。这条船是用一棵卡希卡提树的树干刳出来的，船底上铺着一层干的凤尾草。八只桨把船划得像在水面上飞一般，船尾坐着一个人，手里拿着一只长桨操纵着船的航向。

这人一看便知是个土人，大个子，约有四五十岁，宽胸，四

对土人身上、脸上刺纹的描写，突出了土人的特征，为下文人物的活动及性格表现预设形貌上的支持。【外貌描写】

肢筋肉突起，手脚强劲，尤其是他全身以及脸上刺满了细而密的红纹，一看便知被纹身师用信天翁的尖骨扎刺过不下五次。凸出且横布着皱纹的额头，恶狠狠的眼光，满脸的凶相，样子十分可怕。

他是毛利人的酋长，地位很高。从他满身满脸的刺着又细又密的纹身便可得知这一点。两条黑色的螺旋线从他的鹰钩鼻子的两边出现，分别绕过嵌着黄眼珠的眼眶，在额头上交叉起来，然后延伸到浓密的头发丛中消失了。他那长着白牙的嘴和他的下巴都埋藏在有规则的图案里，图案上雅致的云纹相互缠绕着，一直延伸到挺挺的胸脯。

酋长的身边还有九位级别较低的战士，但都佩带着武器，样子凶狠，其中几名在不久前受过伤，他们披着弗密翁麻的大衣，待在那里一动也不动。他们脚边还趴着三条狗。船前部的八位水手仿佛是酋长的奴仆，他们用力地划桨，小船逆流而上的速度很快。

在他的小船上，还有十个欧洲俘虏，看上去似乎手脚全都被死死地捆住了，这十个俘虏并非别人，正是爵士一行人。

极言夜晚的天空没有一丝光亮，"泼墨"一词形象、生动。【比喻修辞】

原来，昨夜大雾弥漫，天空黑得如同泼墨，一行人误入毛利人的草棚之中。他们原以为是一丛灌木的宿营地，其实是土著人的草棚子。将近午夜时分，大家正在酣睡，全都被活捉了。

这帮新西兰土著人从来不乱讲话，不过，从他们夹杂着英语的只言片语中，爵士还是明白了他们是听得懂英语的。于是，他便以沉着冷静的语气问那个绰号“啃骨魔”的酋长。

“您究竟要把我们带到哪儿去呀，酋长？”

啃骨魔狠狠地瞪了他一眼，嘴皮子动都没动一下。

“您想如何处置我们呀？”爵士未被吓倒，继续问道。

啃骨魔眼露凶光，恶狠狠地答道：“你们的人要你们，就拿你们去交换；不要你们，就杀了你们！”

一个要努力探听自己与同伴的命运，一个对眼前的俘虏恨之入骨，二人的情貌通过语言表露无遗。【对话描写】

爵士一听，心里顿时放心了许多，他觉得前途并非是必死无疑。毛利人有几个首领落到英军手中，啃骨魔是想用他们去换回自己的人。所以说，生的希望还是存在的。

太阳即将西下，小船停靠在岸边的一滩鹅卵石上。啃骨魔下令把俘虏们赶下小船，又绑上男俘虏们的双手，而女俘虏们的双手未被捆绑住。于是，俘虏们被带到了宿营地的正中间。在他们前边还点上一堆烧得很旺的火作为防线。一夜就这样过去了。

第二天，小船继续沿江逆流而上，而且划得更快。十点左右，在波海文那河河口停船，稍事休息。这时，从波海文那河划来一条小船，是来接应啃骨魔的。随后，两条小船便又继续向上游划去。接应船上的土著人衣衫褴褛，身上的枪支沾满了鲜血，

通过“衣衫褴褛”“沾满鲜血”，反映出战斗的惨烈，也印证了酋长交换战俘的话。【外貌描写】

有的身上还在流血，看来是刚同英军交战后退下来的战士。

时近晌午，江两边蒙加塔利山的许多山峰突现，江面变得更加狭窄，江水在峡谷中更加湍急。过了这段湍急的水流之后，小船轻巧地拐了几道弯儿。江面随即又开阔了，水流也平缓下来。

傍晚时候，小船在一处峭壁下停住。啃骨魔命令手下收拾宿营，在海岸边点燃了一堆篝火，火苗直往上蹿，火光映红了周围的树木。这时，走来了一位看来与啃骨魔同一级别的毛利族首领。二人相见，相互碰擦鼻子，亲热地寒暄。

第二天早晨，小船又继续上行，这时，从隈卡陀江的支流中又钻出了许多的小船。船上大约有六十多个毛利族战士，显然是刚从战斗中撤下来的，此时要到山中去休息，其中有不少人还是伤员。至此他们已经走了一百多千米了。土著人的小船轻快地穿行于热雾升腾的江面上。中午时分，小船进入了道波湖。湖边有一座茅屋，屋顶上飘扬着一块布，所有的毛利人都恭恭敬敬地向着那块布致敬，那是他们尊为神圣的旗帜。

路还在继续，巴加内尔看了看地图，知道右岸耸入云霄的高山叫托巴拉山。前面出现一座城堡，俘虏们被押下了船，手脚也不再被绑着了。

城堡修建在一个峻峭的悬岩上，是凭天险而建的毛利人的城寨。爵士、海伦夫人和其他旅伴绕了一个大弯之后，终于到达了城堡内部，城的外墙是一道坚固的栅栏，有五米高。第一道防线是一排木桩，接着是一圈柳条墙，上面都凿有枪眼，再往内就是内城了。内城地势平坦，矗立着许多毛利式的建筑物，和几十座排列得很整齐的草棚。俘虏们进入内城，看见外面木桩上挂有许多骷髅，都不禁感到毛骨悚然。

为下文“啃骨魔”说杀掉众人，把头挂在木桩上设伏。【铺垫】

酋长的府邸并不大，在城堡深处，夹在一些简陋的茅屋中间，大约有一千平方米左右。在酋长府邸后面是一个露天广场，便于酋长随时召集民众集会或者习武。他的房屋的墙壁是用木桩和树枝编排起来的，墙里面蒙着弗密翁草席子，用来取暖。酋长的府邸旁边还有一个仓库，贮藏着他的粮食和用品。爵士一行人心里打着鼓待在空屋子里，等待酋长的发落。

原来，所有呼应反抗英国侵略的酋长中，只有啃骨魔生还归来。他首先向他的人民报告了在隈卡陀江下游平原地带起义的失利经过。他手下去卫国的士兵有二百多人，大部分未回来，其中一部分做了俘虏，但多数在战场上牺牲了，永远不可能回到自己的故土上来了。本来这次吃败仗没人知道的，这时，不幸的消息迅速传开了。一想到这些，土人就气愤不休。女人们对爵士一行人的辱骂刚刚过去，男人们又凶狠地怒骂起来，挥动胳膊，很可能叫着要对爵士他们动手了。俘虏们只好忍气吞声地听着。从他们的骂声中夹杂着的几个英文字眼来看，他们是在叫嚷“报仇雪恨”。

啃骨魔担心这些人愤怒到极点会不管不顾出现意外，连忙让人把爵士一行押往神庙——华勒都。神庙位于城寨的另一头——一片高高的悬崖上。整座神庙只是一座大棚屋，背靠高出其一百英尺的山崖，前面是一个陡峭的斜坡，城寨到此为止。

在土著人不注意的当儿，海伦夫人站起身来，借给爵士说话的时机偷偷递给了丈夫一支装好子弹的手枪。

“你怎么还有武器！”爵士吃惊了，眼中露出一丝光亮。

“我随身带来的，因为毛利人是不搜女俘虏身体的。万一不行了，这支枪是留给我自己用而不是用来打他们的……”

言语中表现了海伦夫人宁死不受辱的外柔内刚的性格。【语言描写】

“爵士！”少校说，“快把枪收起来，不到万不得已的时候，不能暴露……”

爵士刚把枪藏好，挡着棚门的草帘就掀开了，进来一个战士。他打了一个手势让俘虏跟着他走。旅伴们互相递了一下眼色，穿过城堡中的小径，到了酋长面前。酋长身边聚集着他的部下，另一位酋长也在其中。那位酋长四十岁上下，体格健壮，相貌凶狠，名字叫卡拉特特，土语就是“好发脾气”的意思。从他脸上的刺青可以看出，其地位相当高。仔细观察，可见这两位酋长似乎相互之间关系并不融洽。两人交谈时，啃骨魔脸色不太好看，虽面带微笑，但眼中却流露着忌恨。

“你是英国人？”啃骨魔审问爵士。

“是英国人！”爵士毫不迟疑地回答道，他心里在想，只有英国人才有利于俘虏交换。

“那你的同伴们呢？”啃骨魔又问。

“也都是英国人。我们是旅行者，中途船只沉没，遇了难……”

“英国人就没有一个好东西！”卡拉特特粗暴地说，“你们侵占了我们的海岛，烧了我们的村子！”

卡拉特特的随意插话反映出他是一个脾气暴躁、言语粗俗、没有教养的家伙。【语言描写】

“你听着，”啃骨魔又说道，“我们的大祭师‘脱洪伽’，落到你们的人手里了。我们的大神让我们把他换回来，不然的话，我早就把你们的心给剜出来了！把你们的脑袋挂在栅栏上了！你说说看，英国军队愿意用我们的脱洪伽换回你吗？”

“我不知道。”爵士考虑了一下，这么回答道。

当爵士说用两位女士可以换回他们的大祭师的时候，卡拉特特突然蹿上一步，一下子搂住了海伦夫人的肩膀，就往一边拖，说要她做自己的女人，不能拿去交换战俘。

事出突然，来不及细想，爵士气得七窍生烟，举起手枪，“砰”的一声，打在了卡拉特特的左胸。可怜这位酋长连话都还没说完，就随着枪声倒地，两眼一翻，死了。

听见枪声，土著人纷纷从各自的棚屋里冲了出来，把门前场地挤得满满的。爵士手里的枪被夺下了。酋长用一只手掩护杀死那位酋长的凶手的身体，另一只手挡住因激怒而跑来的人们，最后，他用庄严的声音终于压下了那片喧嚣：“神禁！神禁！”

不一会儿，俘虏们被押回临时牢狱。但是，小罗伯特和那位地理学家不见了。

·品读与欣赏·

爵士一行人乘着自制的木筏飘飘摇摇前行，终于登上了新西兰的陆地。夜色中隈卡陀江边，他们进入灌木丛中休息，却不料误闯进毛利人的地盘，于是成了土人的俘虏。在谈论是否用女俘换毛利人的“脱洪伽”时，卡拉特特酋长硬要海伦夫人做自己的老婆，被爵士一枪打死了。啃骨魔利用“神禁”平息了毛利人的愤怒，让爵士众人暂时逃过了一劫。麦加利号灾难的影子还未远去，小说情节又陡起波澜，寻访小队再次命悬一线，紧张的节奏扣人心弦。

·学习与借鉴·

1. 对话描写：爵士面对凶狠的酋长一意要探听自己与同伴的命运，而酋长对眼前的俘虏恨之入骨，二人的情貌通过对话表露无遗。

2. 景物描写：“弥漫”“饱和”“盖上”“蒸腾翻滚”“渐渐变淡”“妩媚”等词语把隈卡陀江在太阳出来前后的美丽景色描写得如画一样。

第十七章　转机

“神禁”是毛利人的一种风俗。人或者东西一旦被“神禁”，任何人都不能接触或使用。按照他们的规矩，谁要是用手触及到“神禁”的人或物品，就等于触犯了神灵，就要被处死。死刑则是由祭师们来执行。一般来讲，“神禁”有固定的时间和场合，但在某些突发事件中，由于事情来得突然，一时没有办法解决，这时，酋长可以根据需要随时宣布。一个土人一年中要受到好几天的“神禁”，有时，为了保护河中的鱼或者防止地里的甜芋被人践踏，都可以宣布“神禁”。酋长如果想防止闲人上门骚扰，他可以把住处“神禁”，如果他想垄断船舶贸易，他可以对船只宣布“神禁”。要是有欧洲商人惹恼了他，他还可以“神禁”这个商人。

总之，这种神奇的风俗在约束着、操纵着新西兰人最细小的行动。它具有法律的力量，这种频繁的“神禁”简直可以说是土人全部法令的概括，它是无可辩驳并且也是无人敢辩驳的。

对于爵士一行人，是那酋长随机应变地发出了一个“神禁”的命令，把他们从土人的狂怒中拯救出来的。当时有几个土人——酋长的亲信，一听到他们的首领叫“神禁”就立刻住了手，反过来保护那几名囚犯。

然而，格利纳帆爵士并不因为如此就妄想免除他的处罚。他清楚，他的前途只有一个，那就是死，以死来抵偿卡拉特特酋长的生命。他只是希望酋长的愤怒只对他一个人发泄，不要迁怒于他的同伴们。

这一夜简直是度日如年，大家提心吊胆，不知道接下来会发生什么意想不到的事情。生离死别的阴影笼罩在大家心头。那可怜的罗伯特、巴加内尔都不见了。他们的遭遇会怎样呢？他们是不是已经做了土人用来报复的第一批牺牲品呢？大家对他们俩的生命都不抱任何希望。

“还有玛丽呢？玛丽怎么办？”一想到玛丽小姐落到土人手里的后果，门格尔真是万箭穿心，别提有多么痛苦了。

而格利纳帆爵士一想到海伦夫人要他将她杀了的要求，就止不住的心酸。他怎么能忍心下得了手去杀死自己的爱妻呢？即便这样做的目的是不想让她遭受土人凌辱！

逃脱几乎是不可能的。在监禁他们的屋外，时常站着十个全副武装的战士，要想从他们的鼻子上逃走，那真是天方夜谭！

2月13日，因为被宣布为“神禁”的关系，所以爵士一伙人没有受到土人的侵扰。棚子里倒是有一些吃的东西，但他们哪里还有心思去吃饭哪！格利纳帆爵士认为，交换俘虏的计划在酋长那里可能已经取消了。但他又不愿意相信那将成为事实，所以在心灵深处，他还在祈祷着事情出现新的转机。

“谁能确定呢？”他强制自己这样想，有时他想到在他打死卡拉特特酋长的那一瞬间在啃骨魔脸上流露出来的表情，“他说不定从心眼里还感激我帮他除了一个强有力的敌人呢！”

第一天平安无事地过去了。

第二天又平安无事地过去了。

到了第三天，寨子里所有的棚门都打开了，所有的土人都聚集在寨中的广场上。啃骨魔站在一个两米多高的土墩上准备讲话。啃骨魔做了一个手势，一个土著战士朝神庙走了过来。

这时，海伦夫人拉住丈夫的手，用低低的声音告诉爵士：“别忘了我的要求！”

爵士将妻子抱到胸前，此时，玛丽也走到门格尔的身边。

“夫人认为，为了免受凌辱，妻子可以要求丈夫将自己杀死。”玛丽真诚地说道，“那么，一个未婚妻也可以为了同样的目的，向她的未婚夫提出同样的请求。亲爱的约翰，现在已经是生死关头，在我的心灵深处，已经把你当成我的未婚夫。我能不能给你提出这个要求呢？”

“玛丽！”门格尔激动得眼睛都湿润了，“我亲爱的玛丽……”

还没等船长把话说完，草帘被掀开了，几个士兵把他们押解到了啃骨魔的身边。两个女子由于已经向自己的爱人交代了后事，所以，此时她们显得异常的平静，脸上没有一丝的恐惧。

“是你杀了卡拉特特酋长的，对吧？”啃骨魔开始发问。

“是的，是我杀的。”爵士一脸的气宇轩昂。

“明天太阳一上山，你就得死！”

“是我一个人死吗？”爵士问道，心里很是为同伴们的命运担忧。

正在酋长对这一群人进行最后审讯的时候，土人堆里发生了一点骚动。格利纳帆看见一个毛利族战士满头大汗地跑了过来，气喘吁吁。啃骨魔立即用英文询问那个战士。

“你是从阵地上下来的吗？”

“是！”

“那你看到我们的脱洪伽了吗？”

“看到了。”

“那他怎么样了？”

“他被英国人枪毙了！”

爵士心中残存的一点生还的希望，以及他对同伴们命运的祈祷在瞬间都化作了泡影。

“统统拉去处死！你们明天太阳上山的时候一个个都得死！”

一场终极审判就这样结束了。所有的囚犯无一例外地被判处了死刑。海伦夫人和玛丽小姐望着天空，表示了对上苍无限的感激。

俘虏们没有被押回神庙。他们还要被带去参加那个被打死的卡拉特特酋长的葬礼。

卡拉特特酋长的尸体被放在寨子外面一个土墩上，身上穿着华丽的寿衣，外面裹着一层非常精美的草席，头上插有羽毛，戴着一圈绿叶。他的面孔、胳膊和胸脯上都抹了油，肤色鲜艳，完全不像一般死人那种灰头土脸的样子。

他的亲友们围在土墩前连哭带喊，或者不停地用拳头捶打自己的头，或者用手抓着自己的面颊，表示为死者流的血比流的泪还多。尤其是女人们，表现得更加虔诚和真挚。在毛利人的传统中保留有妻子为丈夫殉葬的习惯，他们认为，这是做妻子的职责所在。

卡拉特特酋长的妻子走了过来，很年轻，长相不算很美，但还过得去。就在她披头散发哭诉着自己心中对丈夫去世的哀伤时，啃骨魔走到她身边，抡起大木槌猛地砸下去，那女人连哼都没有哼一声，“咕咚”一声倒地死了。

然后，六个可怜的奴隶也被带到土墩前被一一杀死了。他们的肉被在场的男女老幼分成小块儿在架起的火上烤着吃了。

看到眼前血腥的场景，想到明天自己的命运，囚犯们这时才真正明白了死亡对他们意味着什么。

当太阳在道波湖边屠哈华山峰和普克塔普山峰后面沉下去的时候，爵士他们又被押回到牢狱里了。在华希提连山的各山顶升起曙光之前，他们一定不会离开这所牢狱的。他们还有一夜的时间去做临死前的准备。

“我们在死亡面前不要垂头丧气，我们要叫那些野人看看欧洲人是怎样地不怕死。”爵士说。

虽然恐怖还没有消失，大家还是强打精神一起吃了饭。

吃完饭，海伦夫人高声诵着晚祷词，全体旅伴们也都脱下帽子和她一同祷告。仪式完毕，大家互相拥抱。爵士忽然想起，如果明天在行刑之前遇到奇耻大辱的话，两个女子的命运如此令人担忧，但又苦于手中没有武器，不能完成她们对爱人的请求。

“这里还有一件武器。”门格尔从身后拿出一把短刀。“当卡拉特特倒在您脚下时，我把这刀从那野人手里夺了过来。爵士，我们俩谁后死，谁就履行对海伦夫人和玛丽小姐的请求。”

棚子里一时间很安静。

还是少校打破了沉默，“朋友们，非到最后几分钟不要采取这最后的手段。我始终不相信已经到了毫无挽救的余地了。”

门格尔借着外面的篝火，查看了一下门外看守的土人，不多不少，共二十五个。今天又加岗了！此时，他们有的躺在火堆旁边，有的站在稍远的地方。但不管站着的还是躺着的，他们都会不时地转过身来看看棚子。

爵士一伙人被拘囚的棚子背靠着城寨尽头的一座石岩，前面只有一条狭长的泥路通到城堡中心那一块平地上。棚子两边都是悬崖，底下是三十多米的深坑，想从那里溜下去是不可能的。唯一的出路就是前面的那条泥路，可惜被土人把守得如铁桶一般。

时间在一点一点地过去，大家焦急万分，但是依然没有任何解决的办法。

大约凌晨四点左右，一个轻微的响声引起少校的注意。他仔细一听，响声仿佛是从木桩后面发出来的。一开始，少校以为是风声，没放在心上，可是响声一直不断，于是，他把耳朵贴到地上，仔细分辨，好像是有人在扒土，在挖墙洞。

少校心中有数了，赶紧示意爵士和门格尔过来。

“你们听听。”他尽量压低声音，叫他们趴下来听。

扒土的响声越来越清晰，他们竟能听出小石子在一种尖的东西的钻挖下吱吱地响，并且向外面掉下去。

“是野兽在它的洞里动。”门格尔说。

爵士拍拍自己的额头：“谁敢断定啊！要是一个人在扒呢？”

威尔逊、奥比内也跑过来了，大家一齐动手挖墙壁，门格尔用他的短刀，其余的人用从地上拔起的石头或者干脆就用手指甲，穆拉地从门帘的缝隙里监视着那群土人的动静。那些土人都围在篝火边上，一点儿也没想到离他们二十步远的地方发生了什么事。

挖了一会儿，大家已经明显感觉到外面是一个人或者几个人在挖地道。于是，劲头更大了，大家用力地挖着，他们的手指都流血了，但没人叫疼。又挖了半个小时，洞已经有一米深了。外面的响声也渐渐清晰，只要再扒掉一层薄土，内外就相通了。

又过了几分钟，忽然少校的手被一个刀尖扎破了，他本能地往回一缩，几乎叫出声来。门格尔把他的短刀伸出去，挡住那把往里挖的刀尖，用手一摸，摸到拿刀的那只手。

是只小手！是女人或小孩的，而且是一只欧洲人的手！

双方都很激动，但谁都没有声张。

“会不会是罗伯特？”爵士自言自语地说。

此时，玛丽被惊醒了，她溜到爵士身边，抓住那只沾满泥土的小手吻个不停。

“我知道是你，罗伯特！”玛丽肯定地说。

“是我，姐姐，我来救大家来了！但是千万别声张！”罗伯特在外面说着。

“真是个好孩子！”爵士称赞不已。

“注意外面的土人！”罗伯特提醒道。

一会儿，洞扒大了，罗伯特钻了进来，身上还捆着一条弗密翁草编的长绳子。他先扑到姐姐的怀里，然后又拥抱了海伦夫人。

“我的孩子！我还以为你被他们杀害了呢。”夫人低声说。

“我趁乱逃了出去，白天躲在树丛里，晚上才出来。等他们办完了丧事后，我到寨脚观察了一下地形，发现可以爬到你们这儿来。我就去偷了这把刀和这条绳子，然后抓着峭壁的藤蔓往上爬。这期间我发现一个洞好像能通到棚子里，我就动手挖，挖着挖着就通了。”

罗伯特在外边监视土人，大家里应外合，终于从挖出的通道逃到了外面。门格尔最后一个出来，离开前，他顺手把草席盖在洞口，将地道完全掩藏起来了。

接下来是下峭壁。如果不是细心的罗伯特带着绳子，峭壁简直下不去。

大家解开绳子，把一端系在岩石上，一端顺着岩石向下滑。罗伯特第一个先下，然后大家依次下滑。

清晨，刺人的凉气让人头脑清醒，精神振奋。爵士夫妇到达峭壁下面后，一步一挪地倒退着走。忽然有几只鸟受惊了，叫着飞了起来，有时脚下会碰到小石子，发出哗啦啦的响声。就在他们刚走到一半的时候，门格尔在上面轻声喊道："停！"

声音不大，但足以让每个人心头一紧。格利纳帆爵士立刻停住，一手抓住草茎，一手搂着妻子，一动也不敢再动。

原来威尔逊听到庙外有响动，赶快回到棚子里。透过门帘缝，他看到有个土人战士警惕地往神庙走来，所以赶紧发出警报。

好在那个战士在离棚子两步远的地方站住，仔细听了一分钟，然后摇摇头又回去了。于是大家继续下崖。

五分钟后，全体旅伴都顺利地逃出了牢狱，离开了那临时藏身的土坑，然后避开有人居住的湖岸，沿着狭窄的小路，钻进了最深的山谷里了。

五点钟，再过半个小时天就要亮了。逃亡的人们又往前乱跑了一阵。大家边走边担心巴加内尔。他的下落不明使大家成功的喜悦蒙上了阴影。

没有地理学家指路，大家尽可能地朝着东边，迎着朝阳走去。此时他们已经到达高出道波湖五百多英尺的地方了。可就在此时，一片骇人的咆哮声从山寨方向传来。但是山中浓雾遮挡，大家只能闻其声，却看不见任何人。

雾气逐渐散去，他们终于看清了脚底下三百英尺的山寨里那群疯狂的土人。毛利人倾巢出动，边走边喊，身边还带着猎犬。一行人距离山顶还有一百英尺左右。要逃过土人的追捕，必须翻越山顶，走到山的那一边去。可是，山的那边会是什么呢？大家无从知道，没有了巴加内尔做向导，一群人心里对下一步的行动都深感迷茫。而此时，土人已经追到山脚下，叫骂声越来越近，不能再有片刻犹豫。

“朋友们，精神点儿！拿出我们的勇气坚持爬到山顶！”爵士挥动着手，鼓励大家往上爬。

不到五分钟，他们到达山顶了，他们又从那里回头看了看，一面想判断一下当时的形势，一面想找出一个方向好躲避那些毛利人。

忽然，门格尔叫了一声，同伴们都回过头来。他举手指着那圆锥形山尖上筑起的一丛小碉堡给他们看。

“那不是卡拉特特的坟墓吗？”罗伯特惊叫起来。

“真的？你没有看错吧，罗伯特？”

“肯定没有错，爵士，我认得那座坟墓！”

确实是，在距离他们十五英尺的高处，也就是山尖上，围着许多木桩，上面涂着鲜红的颜色。原来在仓皇逃窜中，大家竟无意中逃到了蒙加那木山的山顶上。

于是，爵士领头，其他人在后，继续往上爬，一直爬到坟墓的脚下才停住。坟墓前有一个大口子，用草席盖着，从那儿可以直接进入墓室。格利纳帆掀开草席，腿正要往里迈，突然又退回来：

“里面有个土人！”

“里面怎么会有活人呢？”少校不相信地说。

“是真的，我看得很清楚。”

“不管他！我们进去看看再说。”

爵士、少校、罗伯特、门格尔一起钻进了墓室。果不其然，那里真有个毛利人，披着一件弗密翁麻的外衣，墓室里面光线很暗，看不清他的面孔。那个毛利人看起来很安静，他正悠闲自得地吃早饭呢。爵士正要和他说话，那个土人却已经开口了，他操着一口流利的英文，用和蔼可亲的口吻，说道：“亲爱的爵士，我已经为您准备好了早饭。”

竟然是巴加内尔！大家一听是他的声音，都欣喜若狂地奔了过来，个个都被这位绝妙的地理学家用长胳膊拥抱了一番。太好了，巴加内尔又找到了！有了他这张活地图，大家的逃跑计划就有保障了！就在大家争着问这问那，搞得地理学家不知回答哪个的时候，爵士一句话提醒了大家：“山下还围着一大群土人呢！我们得想办法应付。”

“土人？我根本不在乎那些家伙！”

“他们就不会……”

“你们看着好了！”

大家都跟着巴加内尔走出了墓室。那些土人还在原地，围着这座山峰，发出骇人的咆哮。

“你们叫吧！吼吧！喊破嗓子吧，愚蠢的人们！”巴加内尔不屑地骂道，“看你们敢不敢爬上这座山！”

“为什么不敢？”格利纳帆很是疑惑。

“因为那个该死的酋长埋在这里，因为这坟墓保护着我们呀，因为这座山被‘神禁’了呀！”

“被‘神禁’了？”爵士还是不明白。

“是啊！朋友们，所以我才逃到这里来，就和欧洲中世纪不幸的人们逃到不可侵犯的圣地一样。”

“感谢上帝保佑！”海伦夫人叫起来，举起双手向着天。

作为一座被“神禁”了的山，那些迷信的土人是不敢来此骚扰的。但这也只是权宜之计，只能苟安一时。爵士心里说不出是什么感受，他待在那里默默无言，少校也一直摇头，脸上带着十分庆幸的神色。

“那些蠢货想把我们困死在这儿，简直就是白日做梦。不用两天，我们就可以逃出他们的控制范围了。”巴加内尔很有把握地说。

“我们自然要继续逃跑，可是如何才能彻底摆脱他们呢？”爵士心里没底，便试着问。

“我也还不知道，但是我们总归是会逃掉的。”巴加内尔回答。

这时，每个人都想要了解巴加内尔在离开的这段时间里到底遭遇了哪些事情。可奇怪的是，原来一向是说起话来滔滔不绝的他，现在，对朋友们提出的问题，他只支支吾吾应付几句就完了。

“他看起来怎么像变了一个人似的，为什么会这样？”少校在想。

既然他不愿多说，大家也就没有再多问。然后，大家谈论起别的事情。巴加内尔又恢复了平时的神情，有说有笑的。

至于巴加内尔的遭遇，当大家都到墓室外面的栅栏下围着他坐下的时候，他选择了一些可以说的，说给旅伴们听，大家对他的情况也只是知道了个大概。

· 品读与欣赏 ·

毛利人的“脱洪伽”被英国军队杀害，断绝了爵士一行人最后一点从土人手中免于死刑的希望。众人，包括两位女士，已经做好了面对死亡的一切准备。然而天无绝人之路，小罗伯特从牢房的外面挖洞拯救了众人。大家慌乱中逃进了被“神禁”了的卡拉特特酋长的坟墓。在这里，他们与一身土人打扮的巴加内尔不期而遇。“山重水复疑无路，柳暗花明又一村”，小说在爵士一伙人走投无路的时候，又为他们打开了另一扇生存之门，让读者高度紧张的神经得以暂时的放松。

· 学习与借鉴 ·

1. 用词巧妙：门格尔喊停的声音不大，但足以让每个人心头一紧。一个“紧”字把大家在逃跑过程中突然遭遇变故时心里的紧张准确地表现了出来，非常形象。

2. 比喻修辞：巴加内尔的下落不明让大家成功逃脱的喜悦蒙上了阴影。用“阴影”来比喻大家心中的灰暗、不快，把抽象的情感具体化了，非常生动。

3. 设置悬念：同伴们非常关心巴加内尔的遭遇，可面对朋友们提出的问题，原来一向说起话来滔滔不绝的他，现在只支支吾吾应付几句就完了。他有什么不为人知的秘密呢？

第十八章　人工地火

在卡拉特特被刺后，巴加内尔和罗伯特一样，趁着土人那一阵纷乱，逃了出去。但是，他没有罗伯特那么幸运，他一跑就跑到另一群毛利人的营地里去了。在那里，指挥毛利人的是一个身材高大的酋长，样子很聪明，一望就知道他的地位要比本部落的所有战士都高，而且能讲一口流利的英语。

酋长对他很友善，还用鼻尖碰触了一下巴加内尔的鼻子，向他表示欢迎。尽管如此，巴加内尔心里却时刻警惕着，不知自己是否又变成了俘虏，将接受什么样的惩罚或虐待。

这酋长的名字叫“希夷”，意思就是“太阳之光”，他倒不是一个恶人。巴加内尔的大眼镜和大望远镜似乎使酋长对于他有了很高的评价。每天酋长都在努力使他成为自己身边的人。对他待如上宾，无论他走到哪儿，酋长都会殷勤地陪到哪儿。不过，白天巴加内尔可以自由自在地走动，但是晚上仍然要被捆绑起来。

在这种新的环境里整整待了三天，巴加内尔终于在一天夜里，咬断绳子逃掉了。他曾远远地望见卡拉特特的葬礼，他知道酋长是葬在蒙加那木山顶上，因此这座山必然是要被“神禁”的。他决定逃到这座禁山上来，因为他的旅伴们还被囚禁在这个地区里，他不愿意抛弃他们独自逃跑。他这种冒险的尝试总算成功了，他是昨天夜里到达卡拉特特墓室的。在这里，他一边休养精神，一边等待机会好去解救他的朋友们。真是承蒙上天的帮助，他竟然不费吹灰之力，就等到了他的同伴们。

“吹灰之力”极言很微小的力气。不费吹灰之力是说他没有浪费一点力气就等到了同伴。【用词准确】

在巴加内尔的叙述中，不止一次地吞吞吐吐、欲言又止，让人很容易想到他在“希夷”酋长家里的那段日子并不怎么舒服。他不说，别人也不愿再揭他的伤疤，只是对他胜利逃脱表示了衷心的祝贺。

目前大家的处境并不乐观。土人们虽然不敢贸然上山，但以他们的个性却也不会善罢甘休。土人们打算围困他们，使他们熬不过饥饿和干渴，最后自动地跑下山来投降。这只是时间问题，土人们有的是耐心。因此爵士决定等待机会，必要时制造机会。

格利纳帆带着少校、巴加内尔等人仔细侦察了蒙加那木山顶周围的地形。他们发现蒙加那木山和华希提连山的连接处有条山脊，向着平原缓缓向下。如果要逃脱的话，这是唯一可走的路径，只是道路崎岖，十分难走。

爵士和他的朋友们试着向前走到了那段危险的山脊上，立刻引来一阵枪声，弹丸像冰雹一样飞来，幸好没有打到他们。

众人只好又回到墓地，顺便查看了一下墓地的位置及构造。他们在走着的时候，突然感到地面一阵紧接着一阵地颤动，很是惊讶。这种摇晃像是锅边被沸水冲着一样，连续不断。巴加内尔提醒他的朋友们，他们所在的这座山是火山质。如果地下的火烧起来，强烈的蒸汽蕴蓄在山底下，它将会变成一座火山。这山的内壳都是淡白色的凝灰岩，最轻微的一个震动都可以在这山壳上造成一个大喷火口。

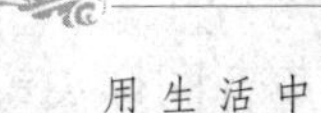

用生活中熟悉的“沸水”“锅边”来比喻地底蒸汽的滚动，形象具体、生动贴切。【比喻修辞】

“你说得对，但是我们待在这儿，并不比我们靠在邓肯号锅炉旁边更危险。这儿的地壳是一层坚硬可靠的钢板！”爵士说。

“我也同意你的话，但是一个锅炉，哪怕再结实些，用久了总会有一天是要炸破的。”少校说。

“少校，放心吧，我们不会一直待在这儿的。只要老天给我指出一条可走的路，我立刻就要走了。”巴加内尔说。

“唉！为什么这座山不能像邓肯号那样，载着我们走呢？”门格尔接上去说，“它的肚子里装着那么多的蒸汽，可惜一点都用不上，真是浪费！我们的邓肯号只要有这马力的千分之一，就可以把我们一个个送到天的尽头啊！”

经门格尔一提，勾起了爵士的伤心事。他想起了命运未卜的邓肯号和所有的船员。他心事重重，和大家一起回到墓室门口。海伦夫人在门口等候着，大家一起回到了墓室。

大家都跟着巴加内尔向里走。那些土人看见这班逃犯又要亵渎这个被“神禁”的墓室，立刻又爆发出一阵枪声和骇人的咆哮声，两种声音同样尖锐，不分伯仲。但是，不幸的是，子弹不能和枪声跑得一样远，飞到山腰就落下去了，辱骂声则一直冲到天空里才慢慢地消散。

海伦夫人、玛丽和她们的旅伴们看见毛利人的迷信远远超过他们的愤怒，都完全放下心来，一个个钻进了墓室。

墓室周围是许多涂红的木桩组成的栅栏，上面刻有许多图案，表示死者的身份高贵。此外还挂着不少成串的贝壳和石子，用作辟邪。墓穴上面铺了一层绿叶子，厚厚的，像地毯一样。酋长的陪葬武器很多，有装好子弹的枪支、火药线、长矛、漂亮的绿玉斧头，还有大量的弹药，足以让死者在阴间打猎用上无数年。

“这简直就是我们的军械库，我们可以拿来派上好用场。他们想得真是太周到了！”巴加内尔风趣地说。

“太周到”，一是说土人为他们酋长死后的生活想得周到，二是说替这些逃难的人想得周到。【双关修辞】

“啊！怎么一回事！还都是英国造的枪呢！”少校说。

“当然啦，把枪当做礼物送给这班土人，真是奇蠢无比！他们拿这些枪就用来打击侵略者，我们不得不承认他们做得十分对，无论如何，这些枪对于我们是有用的！”爵士说。

“但是，更有用的倒还是为卡拉特特备下的这些粮食和水呀。”巴加内尔说。

死者的亲友为死者准备得周全，说明了他们对死者品德的尊敬。墓穴里堆放的粮食足够十人吃上半个月的。有凤尾草根、甘薯、马铃薯，还有几口大缸装着新西兰人吃饭时惯喝的清水等。

格利纳帆爵士拿出足够大家吃的食物交给奥比内去加工，以便让大家可以美食一顿。司务长一向是个讲究的人，即便在这种危机关头也不愿意让他的作品不成样子。没有火种，怎么把这些材料弄熟呢？

巴加内尔让奥比内把那些凤尾草根和甘薯都埋到土里去。奥比内挖土时，差点儿烫伤了手，因为这时山上土里的温度有六十摄氏度。当他挖坑的时候，一股热气冒了出来，哧哧地喷出有两米高，把他吓得摔了个大跟头。

在少校的呼喊声中，两个水手跑过来用大石块把坑堵上了。

“没有烫伤吧？”少校问奥比内。

“没有，少校先生，我真没有想到……”

“没有想到老天待我们这么周到，是吧！”巴加内尔得意地叫起来，“有了卡拉特特的饮水和粮食，还有地火来烧！这座山真是个天堂啊！我建议我们就在这里建立一个殖民地，在这里耕种，在这里住一辈子！我们就做这山上的鲁滨逊好了！真的，在这座舒适的圆山尖上，我简直想不出缺什么东西了！”

夜困山中，巴加内尔还十分惬意，显示出他乐观积极的生活态度。【语言描写】

“早饭准备好了！”奥比内来到大家跟前报告。

立刻，大家都到栅栏旁边，吃着他们近来常吃的救命早餐。

饭食很简单，只有两种。对凤尾草根的味道大家意见不一，有人感觉味道甘美，很好吃，有的感觉滑腻无味。而对烤熟的甘薯，大家是交口称赞，味道是呱呱叫。巴加内尔又发表他的高见了：“卡拉特特有这么好吃的东西吃，葬在这里是最舒服不过了。”引得大家都哈哈大笑。

大家吃饱了，爵士建议立即商议逃脱的计划。

“我觉得此地不宜久留，绝不能等到食物吃完了再逃。现在大家都精力充沛，趁这个时候走最好不过了。今天夜里我们就想办法跑到东边山谷里去，借着黑暗，溜出土人的包围圈。”格利纳帆爵士首先表明了自己的看法。

“就想走了吗？像这么好的地方，急什么呢？”巴加内尔说，带着真正舍不得的语气。

“但是，巴加内尔先生，就算我们此刻处在舒适安全的地方，我们也不能沉迷在这里乐不思蜀啊！”海伦夫人回答。

大家讨论逃脱土人包围的方法时，巴加内尔说他想到一个“妙到使人莫名其妙”的办法。大家问他是什么办法，他不做任何解释，只是和大伙儿一起等着天色赶快黑下来。

毛利人没有任何撤离的迹象，相反，看情形，山下聚集的人数好像越来越多。暮色中，山脚下燃起了一堆又一堆的篝火，形成一个巨大的环状，把蒙加那木山团团围住。人们可以听到敌人营寨里人群的骚动声、喧闹声。九点钟的时候，天色已经完全黑下来了。格利纳帆爵士决定先侦察一下情况再带着大家一起走。他和门格尔悄悄地溜到那条窄山脊上。这道窄山脊正穿过敌人的包围圈，在他们上方大约十几米左右。

直到此时，一切还很顺利。毛利人躺在火旁边，仿佛没有看见他们在逃跑，因此他俩又向前多走了几步，突然，山脊的左右两边同时响起了枪声，惊得二人出了一身冷汗。

“赶紧往回跑！这些土人的眼睛跟夜猫子一样明亮，枪法打得也很准！”格利纳帆爵士似乎深有感触。

用“夜猫子”的眼睛来形容土人眼睛的锐利，生动、形象。【比喻修辞】

两个人又重新爬回到山顶的陡坡上，安慰那些被枪声惊扰的旅伴们。这会儿，大家才发现，爵士的帽子中了两颗子弹，差一点就要了他的命。有了这次经验，大伙终于知道了敌人的警惕性有多高，山两边都有流动岗哨，绝对不能轻易上去冒险了。

“这些土人监视得很严，那就明天再说吧，到时候看我的。”巴加内尔胸有成竹地宽慰大家。

夜里很冷。不过，那个死去的卡拉特特酋长可是帮了大伙很大的忙。在他的墓穴中备有上好的睡衣，厚实的被褥。众人也没把自己当外人，纷纷毫不客气地拿来裹在身上。不一会儿，洞穴里到处响起了此起彼伏的鼾睡声。

第二天，2月17日，旭日用她柔和的光辉唤醒了蒙加那木山顶洞穴中那些酣睡的人们。毛利人老早就开始在山脚下来回跑动了，每个人都严守着自己监视的那条线路。所以，洞里的人们一出现在他们的视野里，山脚下立刻就爆发出一片疯狂的叫嚣声。

“葫芦里卖的是什么药”意思是指巴加内尔故意不说出他的计策，让大家费心猜疑。【用语准确】

到了这个时刻，大家急于想知道巴加内尔葫芦里到底卖的是什么药，都围着他问，催促他赶快说出他的计策。巴加内尔不再卖关子了，他立刻满足了大伙儿惴惴不安的好奇心，他说：

“朋友们，我的计划有这么一个好处，就是，如果它不产生我所预期的效果，即便它完全失败了，我们的处境也不会变得更坏。不过，请相信我，我的计划一定能成功，一定能成功！”

“快把你的计划说给大家听……”少校催促着。

“我的计划是这样，土人的迷信使这座山成了我们的避难所，我们就再利用这种迷信逃出这座山。如果我们能使毛利酋长相信我们因为亵渎这圣地而受了惩罚，相信苍天的恼怒落到了我们的头上，总之，相信我们遭到了一场天祸死掉了，你们想，他是不是就可以丢下这座山回到他的村子里去了呢？”

“那是毫无疑问的。”爵士说。

一个把话说得轻描淡写，一个却吃惊得几乎要跳起来；一个成竹在胸，一个十分怀疑，两人的对话活化了两人的性格。【对话描写】

“你不会让我们再经历一次苦难吧？”海伦夫人问。

“就像亵渎圣灵的人们那样被天火烧死呀，朋友们，我们脚下就蕴蓄着这替天行道的烈火，我们把它们放出来不是件很容易的事吗？”巴加内尔回答说。

“怎么？你想把我们脚下的火山放出来，由我们自己制造出一个活生生的火山？”门格尔吃惊得几乎要跳起来了。

“是这样的，制造一个人工火山，我们可以控制住的火山！临时表演一下火山爆发而已。”

“这个办法想得确实有点妙，不错！”少校满口称赞。

“我们假装被天火烧死了，其实是巧妙地躲藏到了卡拉特特的墓室里去……等上个三五天，直到那些土人确信我们已经死了，从而放弃围困行动后，我们再出去！”

“如果他们要爬上来，看我们是否真的受天惩罚呢？”玛丽小姐担心地说。

“不会的，我亲爱的小姐，他们决不会这么做。这山是受了‘神禁’的，它既然自动烧死了犯‘神禁’的人，它的‘神禁’自然更严格了！”

“这办法真是再好不过了，可是，就怕那些土人待在山脚下不肯走，而我们的粮食又吃光了。不过这种可能性很小，尤其是我们做得逼真的话，他们不会不走的。”

“那我们什么时候动手呢？”海伦夫人问。

“就今天晚上吧，夜深人静的时候。”巴加内尔回答。

“你可真是个天才！巴加内尔，我向来不盲目乐观，但我坚信这次你肯定能够成功。”少校表现出对地理学家的坚决支持。

办法是有了，建立在毛利人的迷信基础上的这一计划是可以并且肯定可以实现的。接下来是计划如何具体实施的问题。困难很大，比如，这火山会不会把那些大胆扒开喷火口的人们吞下去呢？蒸汽、火焰、熔岩一冒出来，能不能像巴加内尔先生所说的那样可以控制住呢？这座圆锥形山顶会不会整个沉到火海里去呢？

巴加内尔已经预料到了这些困难，但是，他打算小心谨慎地去做。不要做得太过火，只要做出一个喷火的样子，骗走毛利人就大功告成、万事大吉了，不能真弄出火山爆发那样可怕的事情来。

喷射地火，本来是大自然的一个绝对特权，现在人居然伸手来制造这个现象了。

利用自然的天象为人造"替天行道"的火山烘托气氛。【环境描写】

黄昏到了，太阳躲到一片乌云后面。天空黑得比平时要早了许多。天边电光闪闪，云海深处雷声隐隐。晚上六点钟，奥比内做了一顿算是相当丰盛的晚饭。因为要在这个荒芜的深山巨谷中逃亡，到什么地方，到什么时候才能吃到下一顿饭，每个人都不能预料。因此大家为了预防将来的饥饿，都尽量吃得饱饱的。接下来，大家在焦急中等待着深夜的到来，可以说是望眼欲穿。逃走的准备工作都已经做好。墓室里的粮食都按份分好，打成一个个的小包裹，便于携带，武器弹药也收拾停当。只等放火成功，大家便一起溜之大吉。

一群人中，最兴奋的是我们的地理学家。巴加内尔看见天色大变，高兴得不得了，在他看来，这是上天在帮助他实施这一伟大计划，帮他导演这一场明修栈道、暗度陈仓的瞒天过海的好戏。土人对自然界的这种剧变有着出自本能的迷信和恐惧，他们认为雷是大神奴衣阿头在愤怒地吼叫，电是大神在瞪着眼睛看着世界。因此，雷电交加就表明神马上就要亲自来惩罚那些亵渎神灵的人了。可以说，敌我双方的人们都在期待着雷电交加这一时刻的到来。

八点钟左右，山尖已经完全隐没在了浓重的黑暗中，天空墨一般黑，“月黑杀人夜，风高放火天”，现在正是动手的好机会，人们可以借着夜色的掩护逃离毛利人的视线。这事要做得干净利落，而且速度要快。爵士、巴加内尔、少校、罗伯特、奥比内和两个水手一起干起来。

喷火口选在离墓室三十步远的地方。这是巴加内尔和爵士、少校几个人精心设计好的。着火的地方不能离墓室太近，否则一旦墓室着起火来，“神禁”的威力将大打折扣，毛利人对这座山的恐惧，也就不复存在了。

巴加内尔在墓室附近发现了一块大岩石，四周不断地冒出热气，这很可能是盖着山顶，自然形成的一个小喷火口。只是因为这石头太重，地下的火才喷不出来。如果人们能把它掀起来，就等于把喷火口的塞子拔掉，蒸汽和熔岩自然就会立刻喷射而出。

创造火山爆发的勇士们在墓室里拔起几根木桩来当杠杆，用力撬那块大石头。在他们的协同努力之下，岩石一会儿就活动了。为了保证撬下的石头能顺着山坡滚下去，几个人专门为它在山坡上挖出了一条小壕沟，形成了一条畅通无阻的通道。

他们把岩石撬得越活动，石块下面的土地就颤动得越发厉害。几个勇士被这大地的颤抖搞得更加兴奋。他们兴奋地干着，真和神话里那些操纵地火的神一般，不声不响地继续干着。由于兴奋和用力，他们的脸都热热的，想必一个个都很红，只是因为天太黑，无法看清罢了。

把爵士几个人比做神话里操纵地火的神，突出了他们当时兴奋、激动的心情。【比喻修辞】

终于，他们猛地使出一股劲，把岩石翻起来了。那巨石先慢后快，顺着他们事先挖好的壕沟一路滚下去，滚得无影无踪了。

在巨石下落的声音还没有完全消失之前，那层薄薄的地壳迸裂了。一条炽烈的气柱直冲天空，并且发出哗哗啦啦的巨大声音，让人胆颤心惊，沸泉和熔岩奔流着直向着毛利人的露营地和山下的各条坑谷滚去。圆锥形山的山尖全盘在颤抖，人们简直要以为它在向一个无底的深渊里坠落了。

说起来那时可是千钧一发，爵士和他的伙伴们险些没能逃出喷射力所能波及的范围。看着从山口喷射出来的巨大的火柱，几个人又惊又喜，他们来不及欣赏自己创造出来的“自然”美景，一个个连奔带跑着到墓室去躲避，即便这样，身上还免不了溅上几滴滚烫的喷水。这股水，开始只有点蒸汽，不一会儿就发出浓厚的硫黄味。这时，泥土、熔岩和火山碎块混成了炽热的一团。许多火奔流在山腰上，划出了一条一条的火路。附近

从时间、空间角度描绘了火山喷发时那震撼人心的壮丽画面。【细节描写】

的山峰都被这片喷射的火流照得一片光亮。

·品读与欣赏·

卡拉特特酋长的坟墓里有吃有喝，但毕竟不是长久之计。爵士等人开始苦想逃脱土人包围的方法。爵士找到了逃往外面的道路，但却被土人的子弹在帽子上射了两个洞。巴加内尔从大伙儿挖坑做饭中想到一个“妙到使人莫名其妙”的好方法，那就是人造火山喷发。所以在第二天天黑的时候，这一大胆的计划开始实施了。霎时间，泥土、熔岩和火山碎块在蒙加那木山上混成了炽热的一团，向着毛利人的营帐奔涌而去。小说在看似夸张的情节中却演绎出了真实的情理。

·学习与借鉴·

1. 拟人修辞：旭日“唤醒”了洞穴中的人们，写出了人们在决定好逃走的计策后对新的一天的期待，表现了人们心情的美好。

2. 环境描写：在巴加内尔准备实施人造火山的黄昏，太阳躲到一片乌云后面。天空黑得比平时要早了许多。天边电光闪闪，云海深处雷声隐隐，自然的天象为“替天行道”的人造火山烘托气氛。

第十九章　重逢

毛利人的营地里，熙熙攘攘乱作一团。沸腾的岩浆溅到人们身上，烫得这些人鬼哭狼嚎、四处乱蹿。烫着没烫着的裹挟在一起，朝着周围的丘陵、高坡上飞奔。有几个胆大的还边跑边回头看，眼前骇人的景象，让他们目瞪口呆。张开血盆大口的火山已经成为他们心中敬畏的神灵化身，它正用心底的愤怒一点一点将山顶上那群亵渎圣山的人生吞活剥下去。

“神禁！神禁！”当火柱的喷射出现极短暂的间歇，火山口发出的哗啦声稍稍降低的时候，躲在墓室里的人们听到了山下毛利人一遍又一遍地呼喊着他们的咒语。这时，大量的蒸汽、烧红的熔岩从喷火口里冒出来。那已经不是一股简单的沸泉，而是一座实实在在的火山了，地火喷射得极其猛烈，圆锥形小山的山腰间许多条白热的熔岩浆在流动。炽热炙烤着一切，连老鼠都无法忍受地洞里的高温，纷纷钻出洞来，四下里逃蹿。一整夜，天上，狂风呼啸不止，暴雨如注；地上，山顶的缺口处不断地向外喷射红红的岩浆。天地间水与火、风与雨，黑色、白色、红色，共同交织成一片纵横交错的网络，场面气势恢弘，蔚为壮观。看着火山喷出的火头不断地侵蚀着火口的边缘，一点儿也没有减弱的趋势，爵士很是担忧。

当早晨的天光再次降临到这片愤怒的大地时，火山仍在吼叫着。大股大股的浓浓的淡黄色蒸汽跟火焰混杂在一起，在高低起伏的山谷和坡地中弥漫。格利纳帆爵士趴在栅栏缝里，观察着外面的动静，心头不断地跳动。包围蒙加那木山的那些土人都已经逃到附近的高地上去了，远远离开了火山喷射的范围。他们东一群西一群的，仰望着烟火腾腾的山尖，明显流露出对大山、对大火的恐惧。山下横七竖八地躺着一些土人的尸体，已经被烧成了焦炭。靠城堡那边，熔岩烧毁了二十来座棚子，现在还在冒烟。

就在此时，啃骨魔酋长来到毛利战士的中间。格利纳帆爵士看得很清楚。他伸开双臂，像巫师念咒一样，对着山顶的坟墓念念有词。大家对他的这一番举动的意义是不难猜测的。果然不出巴加内尔的所料，啃骨魔对这座“替天行道”的神山又增加一重更严厉的“神禁”了。随后，土人排成一行行的，沿着那些曲曲折折的小径走下去，回到他们的城堡里去了。

“他们都撤走了！他们都撤走了！都回去了！感谢上帝！我们的计谋成功了！亲爱的海伦，亲爱的同伴们，我们算是真的死里逃生了，今天晚上我们就要彻底地复活了，永远地与这个鬼地方说再见了！”

当时墓室里弥漫着的喜悦情绪真是很难用语言来描述，每个人的心里都恢复了希望，多少天来一直笼罩在人们心头的阴霾被胜利带来的畅怀大笑代替了。这一群饱经风霜的旅行者，用自己的坚毅、勇敢和聪明才智又一次渡过了生命中的难关。此刻，他们忘掉了过去，忘掉了将来，完全沉醉在当下的成功里。

少校毫不隐瞒地流露出他对土人的极端鄙视，他用上所有能骂人的词来形容毛利人。巴加内尔的骂功比起少校一点儿也不逊色。在人们欢快的庆祝声中，二人的骂声听起来也不是那么不和谐，反而对现场的气氛似乎起到了烘托作用。

然而，事实上，要从这荒凉的地方走到欧洲人住的地方，绝对不是一件很容易的事。骗走了啃骨魔，并不等于就可以摆脱所有新西兰土人的纠缠。单就目前的情形来看，大家也还必须等，要等到天黑才能真正逃离此地。

所以，当从欢呼阶段性胜利的欢欣鼓舞中稳定下来之后，大家利用这段时间为下一步的逃离商议逃走计划。巴加内尔曾经把他的那张新西兰地图当做宝贝儿一般保留下来，因而他此刻可以在地图上找出最安全的路径。

经过一番讨论，他们最后决定，往东边的巴伦特湾走。途中会经过一些荒无人烟的地方，虽说路不熟，但是至少不会再遇到可怕的毛利人。一路上经历了那么多自然界种种困难的旅行者们，前方的道路已经不能对他们产生任何威胁了。因为在东海岸会有传教站，到达那里后大家还可以好好休息一下。并且，北岛的那一带尚未遭受战争的蹂躏，毛利人的流动部队不会去那里骚扰。只要避开毛利人，一切都好办。到那里之后，大家再等时机奔向自己的最终目的地奥克兰。

为了保险起见，大家仍然继续观察土人的动静，一直到夜色浓重时也没有发现任何异常现象。山脚下一个土人的影子也没有了，当夜幕降临的时候，没有任何营火显示那座圆顶山还有毛利人的踪迹。没有人声，没有火光，山上山下都是寂静一片。太好了！大路小路已经是路路皆通了！

晚上九点钟，乘着夜色，爵士发出起程的信号。大家背上早早准备好的行李包。门格尔和威尔逊在前面带路，一边走一边观察。路上如果听到有什么异常的响动，他们就停下来仔细分辨；如果发现有一丝亮光，两个人都要设法侦察清楚。其他人和二人中间隔开一段距离，看着他们在前面平安无事后，就小心翼翼地跟进，每个人都把脚步放得轻轻的，尽量不碰到其他东西，以免发出响声。足有十多分钟，这支逃跑队伍轻轻地向前面的山岭爬着。在离山顶二百英尺的地方，门格尔和威尔逊两人到达了此前土人派有流动哨所的那段危险山脊。他们更是赔上了十二万分的小心。

想着当初爵士帽子上的两个枪眼，大家对此等小心都是默然遵从着。唯独巴加内尔嘲笑大家杞人忧天。是啊，如果万一土人比我们的逃跑者多长一个心眼，以假装撤退引他们上钩，万一土人没有被人造火山爆发所欺骗，后果是不堪设想的。一路上海伦夫人死死抓住丈夫的手臂，能感觉到她的紧张。爵士的心也在怦怦乱跳，其他的人也都暗地里捏着一把汗。但是，没有一个人想到过要退缩，大家此时的心里只有一个目标——向前，向前！

门格尔记得前方不远处有片矮树林，可到现在他的眼里还看不见。树林应该就在前面几十米远的地方，只是因为大家太紧张了，十分钟的时间，此时在大家的心里，却像是度过了好多年！

忽然，不知谁不小心，踢到一块石头。那石头从山坡向下滚落的声音，在这寂静的夜里借着山谷的回音，格外响亮，也格外的瘆人。大家吓得赶紧停了下来，大气也不敢出。还好，没有听到枪声。

大家继续在狭窄的山脊上爬行，队伍像一条蛇一样，弯弯曲曲，默不作声。大家走得不是很快，刚才的石头声把大家吓坏了，所以大家走路更是十分小心，时刻注意着脚下。走完最后二十五英尺，山脊就算闯过去了，一切如计划中的那样顺利。

前面应该快到矮树林了。大家到那里之后可以借助树荫遮挡前行，行走起来可以更加安全些。然而，从那个地方起，他们也就出了“神禁”的范围。他们遭遇的袭击不仅可能来自枪击，也可能来自近身的肉搏。

就在这时，门格尔突然停了下来。他待在那儿一动也不动，使后面的人非常吃惊，他仿佛听到在前面黑黢黢的阴影里有什么响动。大家于是耐心地等着，那是在多么惶恐的情绪中的等待啊！难道真的有土人在埋伏？大家的心紧张得都快提到了嗓子眼儿。不过，事情还没有糟到那种程度，门格尔仔细听了一会儿，一切似乎还是那么安静，于是大家接着走下去。

为了能够提高行进的速度，巴加内尔主动站出来为大家带路。作为一个出色的地理学家，他不仅方向感强，而且视力绝佳，在这漆黑一片的夜里，他识别东西的能力更显得与众不同。走了没有多大会儿，那片矮树林在黑暗中隐约可见了。又走了几步，所有的逃亡者就都到了树林里，大家聚到浓密的树叶下面蹲下来，休息了片刻。

夜色是逃亡者最好的伪装。稍微喘了几口气，一行人又上路了。他们必须乘着黑夜离开道波湖这一带凶险的地方。到早上九点钟的时候，大家已经连续走了十二个小时，十二英里的路程。我们的两位女士表现出了惊人的忍耐力。此时，通往奥克兰的大路就在前面不远处了。

从第二天开始，一行人开始在华西提连山以东的斜坡地带前进了。随处可见的沸泉、硫气坑和火山湖，让紧张、劳累了一夜的人们既饱了眼福，也提高了精神。四周没有毛利人，大家可以放心地打猎，晚上可以安安稳稳地睡上一个囫囵觉，所以大家感觉惬意多了。只是有一点不好，那就是在这片地方，几乎找不到一条直道，全都是盘旋曲折、峰回路转的道路，大家的脚在这无尽的路上走得都快脱皮了。

隗卡利河渡过了，灌木平原穿过了，接着又经过了一片松树林，除了脚走得有点疼外，整个行程还是比较顺利的。没多久，他们来到了伊基兰吉山和哈代山之间的熊柳林。

熊柳的枝条又长又软，外号叫“缠人藤”。人从它身边经过时，胳膊或者腿一旦被它缠住很难挣脱，最后只能困死在树上。巴加内尔深知这树的秉性，早早地告诉大家注意。爵士、船长、少校和两个水手开路，几个人轮番刀砍，艰难地走了整整两天，累得人人都快趴下了。

更糟糕的是，随身携带的粮食吃光了，周围又找不到水源，又无猎可打，一伙人真有到了穷途末路的感觉。可是，求生的信念支撑着大家，每个人都在咬紧牙关顽强地坚持。地理学家仍然用他不停的笑话调解着大家的情绪。一步一步，大家终于看到了太平洋海岸。

其实，在这一路上的大部分时间里，爵士总是一个人独自走着，他越接近海岸，就越会想起邓肯号和船上的船员。他们在抵达奥克兰之前，还可能遇到许多困难和危险，但是，他把这些危险都置之脑后了，一想到船上那些被残忍杀掉的水手们，那幅可怕的画面就老在他的脑海里深深地折磨着他。

就在他们正在沿着海岸彷徨之际，忽然，在离海岸一千米的地方出现了一队土人，他们挥舞着武器，大声呼喊着向这一行人奔来。爵士他们前无进路，后有追兵，一时间不知道怎么办是好。就在大家准备拿出最后一点力量和敌人拼命的时候，门格尔船长忽然叫起来：

“小船！那边有只小船！我们马上到那边去！”

果然，在二十步远的地方，有一只独木船靠在沙滩上，船上还有几把桨。大家像见到救星一样，立即跑过去把船推进海里，然后跳上去，划着水就跑。

小船飞快地划着，不到十分钟，独木舟就在海面上走了四分之一海里了。海面是平静的，逃难的人们也都默默无言，只一心向前不停地划。然而，门格尔不愿离开海岸太远，他打算叫大家沿着海岸划去，但是，正在这个时候，他手里的桨却突然停下来了。大家顺着他的目光望去，从乐亭尖角冲出三只独木船，上面坐着土人，显然是冲着他们来的。

"往深海里划！往深海里划！我们宁可淹死在大海中，也不愿意落在他们的手中！"门格尔叫着。

四把桨一起用力，独木船又转向大海方向划去了。后面的船紧追不放。有半个钟头左右的时间，他们与后面的船距离保持不变，但是，过了不久，爵士船上的几个人都已筋疲力尽，小船的速度明显慢了下来。眼看后面追来的三只独木舟越来越近，相距已经不到两海里。土人们都带着枪，只要他们开火，爵士一船的人肯定难逃对手的攻击。

就在大家拼命划船的时候，爵士一直站在船尾向天边东张西望，不知是他有预感，还是他想期待什么，总之，他望了好久。当他们的小船正面临被土人追上的危险时刻，突然，他的眼睛里闪出光芒，他伸出手，指着远处一点，说："一条海船！朋友们，那里有只海船！划呀，拼命划呀！"

四个桨手根本顾不上转头看那只令人喜出望外的船。他们都全神贯注地，用尽全力划着，一下都不敢放松。巴加内尔爬起来了，他拉开望远镜，对准远处的黑点看了看。

“还真是一条海船呢，而且是一只大汽船！它正开足马力朝我们开过来。再加把劲儿，亲爱的伙伴们！”

逃难的人们又加了一把劲儿，小船像离弦之箭飞速向前。大约又过了半个小时，他们的船和追来的小船又回到了原有的距离。而前方的船则越来越近，看得越来越清，已经可以看见汽船上两根落了帆的桅杆和大团的黑烟了。格利纳帆爵士把船舵给罗伯特，拿过巴加内尔的望远镜，神情专注地看着那条船的动静。

突然，他神情大变，脸色煞白，大望远镜也从他的手里掉了下来。门格尔和伙伴们看见了，都莫名其妙。就在大家眼望着爵士的时候，爵士的一句话让大家着实吓了一跳：

“是邓肯号！是邓肯号和那批流犯！”

“啊！什么？是邓肯号？”门格尔也叫起来，丢下桨，忽地站起来。

“我们死定了，腹背受敌，怎么都是死路一条！”格利纳帆焦急地自言自语道。

果然，前方的游船就是邓肯号，谁也不会看错，就是那艘船和那些匪徒！操桨手没有再向前划，再努力也没有意义了。前面是匪徒，后面是土人，已经无路可逃。

少校不由自主地对着天空骂了一声。船上的人们今天真是倒霉透了！

突然“砰”的一声，从追着的那只船上打过来一枪，子弹正好打到威尔逊手中的那只桨上，威尔逊不由自主地又划了几下，他们的船更接近邓肯号了。

邓肯号开足了马力行驶着，与爵士他们的独木船已经相距不到五百米了。门格尔前后受敌，已经不知道怎样操纵小船，也不知道该向哪个方向逃走。两个可怜的女客吓得魂不附体，跪在那里祷告。土人拼了命地放枪，子弹像雨点一样落在小船的周围。

这时轰的一声炮响，游船上的一个炮弹从他们头上飞了过去。他们被枪炮前后夹击着，小船上的人可谓是命悬一线了。

门格尔急得发狂，他正准备抓起斧头砍破船底，他想即便连人带艇一起沉入海底，也不愿意落入坏人手里。就在这时，罗伯特的一声大喊，及时制止了门格尔将做出的傻事。

“奥斯丁！奥斯丁！我看到汤姆·奥斯丁了，他正在向我们招手！”他不停地喊着。

门格尔手中高举着利斧，呆呆地停在那儿。

这时，邓肯号上的第二发炮弹又从他们头上飞了过去，把追他们的那三只独木舟的领头一只炸成了两段，同时邓肯号上响起了一片欢呼声，那些土人吓慌了，扭头向着海岸就逃，划行的速度比刚才追爵士他们时还急、还快！

“喂！快来救我们！奥斯丁！”又惊又喜的门格尔大声地叫喊着。

· 品读与欣赏 ·

从蒙加那木山卡拉特特酋长的坟墓里逃出来，好不容易来到海边，却又遇到了土人与土匪的前后夹击，形势极端危急。好在邓肯号上的人是奥斯丁，他们打跑了土人，解救了众人。本章由于采用了“误会法”组织人物、事件，所以情节发展依然紧张、刺激、扣人心弦。当问题的答案最终揭开时，大家悬着的一颗心才放回原来的位置。

· 学习与借鉴 ·

1. 场面描写：巴加内尔制造的人工火山使得天地间水与火、风与雨，黑色、白色、红色，共同交织成一片纵横交错的网络，把蒙加那木山变成了一块由各种色彩任意涂抹的画布。场面气势恢弘，蔚为壮观。

2. 细节描写：爵士向着远方的海轮瞭望时，突然神情大变，脸色煞白，大望远镜也从他的手里掉了下来，他的这些表现足以证明他的眼睛看到了让他十分震惊、恐怖的事情。

第二十章　协议

十名逃亡者就这样糊里糊涂、莫名其妙地绝处逢生了。

邓肯号上，人们像在玛考姆府一起欢度盛大的节日一样，水手们用他们能想到的最热烈的方式欢迎爵士夫妇和船长他们一行人重新回到船上。两队人，在经历了这么多天的分别，饱尝了这么多的辛苦与危险之后，终于可以重新在一起了！他们一个个相互热烈地拥抱，激动得热泪盈眶，直到此时，双方还不敢相信，眼前的这一切是真的！太巧合了！太意外了！一切都像是上天留给人们的一场梦啊！

看着爵士一群人一个个狼狈、憔悴的样子，邓肯号船员们已经猜到了他们此行一定受了不少的苦。他们还没来得及向这些逃难者询问这些天寻访途中所遇到的、发生在他们身上的事情，爵士就已经开始急切地提出了他心中的疑问。他急切地想知道奥斯丁怎么会将船开到这一带海面上来。

邓肯号为什么会来到新西兰的东海岸呢？它怎么没有被匪徒彭·觉斯劫持呢？难道是上帝有意安排了这样一次奇特的会面？

是上帝派遣邓肯号来到这里让这些逃亡者化险为夷的？心中的疑问太多了，人们做梦都想不到会在这里，在这时，以这种方式团聚。大家纷纷向奥斯丁提出这样那样的问题。一时间，搞得这位水手长不知所措。

“那么，那些流犯呢？”爵士问，“你怎么对付那帮流犯的？”

“流犯？”奥斯丁一脸的疑惑，似乎没有听懂爵士问话的意思。

“当然。劫游船的那些浑蛋们！”

“劫什么游船啊？劫邓肯号吗？”

“当然啦，我说得不是很清楚吗？汤姆！就是邓肯号啊，到船上来的那个彭·觉斯呢？”

“我不知道什么彭·觉斯啊，我从来没有看见，甚至从来也没有听说过什么彭·觉斯啊！”

“从来没有？！”爵士叫起来，他被这老海员的回答弄得越来越糊涂了。“那么，汤姆，请告诉我，为什么邓肯号要到新西兰东海岸来呢？”

把大家听不明白奥斯丁的回答比做“坠入云里雾里”，形象生动地写出了寻访队员们一脸迷惘的样子。【比喻修辞】

奥斯丁一脸惊诧的样子已经把大家都弄得如同坠入云里雾里了，等到奥斯丁心平气和地说出下面的一句话时，大家的脑子更像是被搅进了一盆糨糊。

“就是遵照您的命令，邓肯号才开到这里来的呀。”

“遵照我的命令？我没有发过这样的命令啊？”

“怎么会？爵士，我是遵照您1月14日写给我的信去做的。”

十个回船的旅行者眼睛直勾勾地望着奥斯丁。

原来，那封信送到了邓肯号上！

“这到底是怎么一回事啊？快点给我们说个明白吧，你真的是收到我的信了吗？”爵士越来越惊讶。

“是的，收到了。”

“是在墨尔本吗？”

“是的，当时我们就快把船修好了。”

“那么，信呢？”

“信不是您亲笔所写，但签名是您的亲笔，爵士。”

“很正确！信是一个叫彭·觉斯的流犯送到你手上的吗？”

“不是，是一个叫艾尔通的水手，他曾经是不列颠尼亚号船上的水手长。”

“这就对了！告诉你，艾尔通和彭·觉斯其实是一个人。那你再说说，我在信里写了什么？”

“您吩咐离开墨尔本，把船开到……”

“澳大利亚东海岸！”爵士接过话头，急躁地叫着。这回把奥斯丁弄糊涂了。

“不是澳大利亚东海岸！上面清清楚楚写的是在新西兰东岸！”他说着，瞪着两只大眼睛，很不解地看着爵士。

“是说在澳大利亚东海岸呀！汤姆！写的是澳大利亚东海岸呀！”旅伴们异口同声地回答着。这时，奥斯丁眼睛一花，几乎昏过去了。爵士说得那么肯定，他倒怕是自己看错信了。他本是个忠实的、说一不二的老水手，怎么会犯这样一个大错误呢？他的脸涨得通红，心里慌慌的。

“你不要着急，汤姆，”海伦夫人说，“是天意要……”

言语中表现了海伦夫人对水手长的关怀、体恤，以及她不愿意让对方承担过错的善良。【语言描写】

“不对啊，夫人，请您原谅我！不对！绝对不可能！我没有看错信！艾尔通看信上的话也和我看见的一样啊，是他，相反的，倒是他要把我领到澳大利亚东海岸去呀！”

“是艾尔通要去吗？”爵士叫起来。

“确实是这样！他一直和我说是信上写错了，说您在杜福湾那边等着我去！”

“那封信还在吗？”少校问，他也觉察出事情有点蹊跷。

“在，在，少校先生，我这就去拿。”奥斯丁连连应声道，一溜儿小跑回他的房间去了。

就在奥斯丁走开的那一分钟里，大家面面相觑，不知说什么好。只有少校搂抱着双臂，盯着巴加内尔说：“我看呀，你这次犯的错误可是有点大哦！”

“嗯？是犯大错误了。”巴加内尔没有多作分辩，脸上露出不自然的表情。

二人的对话体现了少校的精明，也体现了巴加内尔的内心活动。【对话描写】

奥斯丁很快就回来了，手里攥着巴加内尔代笔的那封信。

“请您过目。”奥斯丁气喘吁吁地说。

格利纳帆接过信，读道：

“奥斯丁，请速起航，将邓肯号开到南纬37°线新西兰东海岸！……”

“真写的是新西兰东海岸吗？！”巴加内尔蹦了起来。他把那封信从爵士手里夺过来，揉了揉眼睛，又把他的眼镜拉到鼻梁上，要自己亲眼看一看。

“真的写了新西兰！”他说，那种语调真是无法形容，同时，信也从他的手指缝中滑下去了。这时，他感到有一只手搭到他的肩上。他猛地一抬头，正和少校打了个照面。

“没事，我的朋友，我们应该庆幸你没把邓肯号送到印度支那去！”语气中带着明显的调侃。

大家闻言，忍不住哈哈大笑。不过，这次巴加内尔并没有显得和以往粗心大意做错事后表现的那种尴尬。事情很意外，但又感觉像是他意料之中似的，所以他脸上的表情很是奇怪，说不清到底是怎么一回事儿。

巴加内尔神思恍惚地在甲板上走来走去，结果被个什么东西一绊，一个踉跄差点儿摔倒，捎带着，他的脚把甲板上的大炮拉响了。可怜的巴加内尔被炮声一震摔倒在地，竟然顺着甲板滚到了水手的大舱房。只见他软塌塌地躺在地上，像是伤势不轻。

少校急忙走上前去，正要动手脱去巴加内尔的衣服，查看伤势。原本看起来半死不活的地理学家像触了电一样，“噌”的一

“像触电了一样”“立刻”“赶忙”表现了巴加内尔在少校为他脱衣服时的慌张。【动作描写】

声，立刻坐了起来。

“我没事，我没事，不用脱！不用脱！”说着赶忙用手护好自己的衣服。

“必须得脱，我得给你好好检查一下！”少校坚持道。

“真的不用，我没事！”

“那要是摔断了骨头可怎么办？”

“我的骨头哪能那么不经摔呢，摔不断！要是真摔断了，让木匠来接一下就可以了！”巴加内尔干脆蹦起来，像个没事人一样。

“木匠？木匠能干得了这个活儿？他怎么接啊？”

“用中舱的木柱接，刚才摔下来可能把它撞断了，咱们来一个旧物利用吧！”

大家又是一阵开怀大笑。看他精神这样好，还能说出这样的玩笑话，估计是没有什么大毛病。爵士看他活蹦乱跳的，放下心来，但他内心深处对这件事的疑问还没有消失。

“巴加内尔，你一定要告诉我真相，这到底是怎么回事？凭你再怎么粗心，也不应该将这么重要的地址写错啊！不过，还真得感谢你的粗心，否则，不仅邓肯号会落入彭·觉斯手中，估计我们现在还逃脱不了土人的追杀呢！”

“到死都改不了”“边说边用眼睛看着罗伯特和玛丽”透露了巴加内尔当时的“粗心”是有意为之的。【细节描写】

“其实很简单，一切都是出于我的

粗心大意。我这个坏毛病，恐怕是到死都改不了的……”巴加内尔边说边用眼睛看着罗伯特和玛丽。

“我真想把你的皮给扒了！”少校还在和巴加内尔打趣。

“为什么要扒我的皮？你说的话是什么意思？”巴加内尔显得不是那么满意了。

“什么意思？难道你不明白我的意思？”少校还是有点不依不饶，但语调仍旧很平和。巴加内尔笑一笑，没有再说什么。大家的谈话也就至此结束。邓肯号为什么会出现在新西兰东海岸的问题解决了。奇迹般得救的这些旅行者现在开始感觉到了身上的疲惫。他们中的大多数人已经不愿对这件事再多想了，他们唯一想做的事，就是回到自己的房间里好好休息一下，然后美美地饱餐一顿。

爵士和门格尔等着海伦夫人、玛丽、少校、巴加内尔、罗伯特等进了楼舱之后，却把奥斯丁单独留了下来，他们还有话问他。

“现在，我的老汤姆，请你回答我。你接到命令，叫你到新西兰海岸附近来，你不觉得奇怪吗？”

“当然觉得奇怪了！爵士，当时我也是很纳闷的，但是我以服从命令为天职，从来没有也不愿意对你的命令有评头论足的习惯，所以我就把船开过来了。我怎么能不照您的命令去办事呢？如果万一因为我的自作主张，不按命令要求去做事，捅了娄子，那不成了我的罪过了吗？假如当时船长您处在我的位置，您不也会这样做吗？”

“那么，当时你心里对命令上提到的内容是怎么想的呢？”爵士又问。

“我怎么想的？哦，爵士，我当时想，可能是为了找格兰特船长的原因，您才做出这样的安排。您可能从哪里已经搭船到了新西兰，所以让我把船开到这里来等。而且，在离开墨尔本时，我对游船要到达的目的地一直守口如瓶，等到船开到大海里，看不见澳洲大陆了，我才和水手们说。当时还引起了一场小小的风波呢，大家觉得事情有点儿蹊跷，我当时也挺为难的。”

“什么样的风波？汤姆，你说说。”爵士说。

“在开船的第二天，送信来的艾尔通知道目的地是新西兰，他就……”

“什么？艾尔通他在船上吗？”爵士几乎喊叫起来。

“还在船上，爵士。”

“他还在船上！”爵士又重复了一遍，只怕没有听清楚，眼睛盯着门格尔。

“苍天有眼哪！”门格尔一时间也激动起来了。回想起在澳洲内陆的时候，艾尔通犯下的种种罪恶，比如阴险的劫船计划，格利纳帆受伤，穆拉地中埋伏，旅行者们被困斯诺威河边……爵士和门格尔真是义愤填膺。虽然事情已经过去了这么久，但是一想到那个恶贯满盈的坏家伙现在居然鬼使神差地落入了他们的手中，心中自是感到一阵的爽快。

用“鬼使神差”表明机缘巧合，突显了艾尔通劫船却反被扣在船上的戏剧性。【用词准确】

“他现在在哪里？”爵士急切地问。

“在前方甲板下面的一个房间里，我把他关起来了，有人严密地监视着他。”

“为什么把他关起来啊？”

“因为，当时我把游船行进的目的地向大家宣布的时候，他知道了我们要去新西兰，就大发脾气，他还威逼我们改变航向，他威吓我，最后，他甚至还鼓动船员反叛。当时，我猜想这个家伙一定不是什么好东西，所以，我就对他采取了一点措施。”

“以后呢，那件事以后怎么样了？”

“从那以后，他就一直待在他的房间里，自己也不想出来了。”

“好，汤姆。做得非常好！”

这时，爵士和门格尔被请到楼舱里去了。从墓地大逃亡开始，其实还在那之前，大家就没有好好在一起吃过一顿饭了，饿瘪了的肚子太需要这顿早餐了！爵士和门格尔坐在方厅里的餐桌旁，只字不提艾尔通的事。但是，饭一吃完，大家的肚子都饱饱的了，精神也都恢复了。当大家又一次齐聚甲板上的时候，格利纳帆爵士才把艾尔通被扣押的事告诉了大家。同时，提议将艾尔通唤到大家面前来，由所有曾经被他迫害差点儿丧命的人们一起审问这个十恶不赦的坏蛋。

“我可以不参加这次审问吗？”海伦夫人问，“坦白地对您说，我亲爱的爱德华，我一看见那个坏蛋，心里就非常不舒服。”

“这是我们伸张正义的时候，是一场用做人的伦理道德对罪犯进行审判的机会，海伦，你还是留下来吧，我们一定要这个匪徒看到他自己又一次面对面地站在了他曾经伤害过的人们面前！”

海伦夫人不再说什么了，她和玛丽就在爵士身旁落了座。其他的人，少校、巴加内尔、门格尔、罗伯特、威尔逊、穆拉地、奥比内——所有被那个流犯伤害得差点儿丢掉性命的人也入屋了。船上的水手们不明白这么做的意义到底有多大，他们都站在一旁静静地看着事态的进一步发展。

精雕细刻式地描绘出艾尔通抱定必死之心时的神态、动作。【外貌描写】

艾尔通被带了上来，这小子走得不紧不慢。他穿过中甲板，爬上楼舱的梯子，眼睛暗淡无光，牙齿咬得紧紧的，一副满不在乎的样子。他来到格利纳帆爵士面前，两条胳膊交叉着叠放在胸前，一声不响地等待着面前人们的问话，气定神闲。

“你好啊！艾尔通，没想到咱们会在邓肯号以这种方式见面吧！”爵士语带讥讽地和艾尔通打了个招呼。

通过艾尔通的脸色变化、拳头动作，反映出此次见面方式既让艾尔通感到意外，又在情理之中。【细节描写】

艾尔通的脸色在苍白与通红之间略有变化，但他还是一言不发，紧握的拳头本能地抖了一下。

“说话呀！你难道没有什么想和我们说的吗？”爵士催促着。

“我没什么可说的，”艾尔通皱了皱眉，撇了两下嘴，回答得漫不经心，“怪就怪我自己倒霉。随你们怎么处置好了。”说完，他把头转向了别处。

看着艾尔通那一副漠然的样子，听着他满不在乎的话，格利纳帆爵士很想爆发，但他忍住了。他希望能从这个强盗头目的嘴里尽可能多地知道一些真实、详细的，有关格兰特船长和不列颠尼亚号的情况。于是，他强压着胸中的怒火，继续问道：

“艾尔通，我有几个问题需要了解，请你配合一下。首先，你究竟叫什么名字？你是不是不列颠尼亚号上的水手？”

艾尔通昂着头，目视远方，似乎没有听见爵士的话。

“那我再问你，你是怎么离开不列颠尼亚号的？怎么又到了澳洲？”

艾尔通依然是面无表情，一言不发。

“你最好还是把你知道的事情原原本本地告诉我们，否则对你没有任何好处！我最后再问你一句，你到底说还是不说？”爵士的语气中明显带上怒气。

“对你们，我没什么好说的。假如我有罪，我应该去对法官说，而不是你们！况且，你们有什么证据说我干坏事了？谁能证明我就是彭·觉斯，谁能证明我想劫持邓肯号？嗯？谁呀！你们说谁呀？是你，是他，还是她？一个都没有吧……”艾尔通说话的语气反而倒像是据理力争，嚣张得不得了。

一连串的反问，强调了艾尔通立定鱼死网破决心后的嚣张气焰。【语言描写】

爵士没有马上说话，他顿了顿，然后转换了一种口吻：

“是的，我不是法官，你是否犯罪也与我无关。我是来寻找几个人的，这事你知道得也很清楚。请你帮我们一个忙，好吗？”

艾尔通摇摇头，神情木然，还是一副不闻不问的样子。

“就请你看在两个孩子的份儿上，帮帮他们吧。他们为了寻找自己的父亲，吃了那么多的苦！你就当发一次善心，可怜可怜他们怎么样？”

“不行，我就是不说，即便你们打死我，我也不会说的。”艾尔通一个劲儿地摇头，态度很坚决。

“你真是死有余辜！不死不足以泄众人之恨！看来是非得打死你了！”爵士发火了，“一到前面的码头，我立刻就把你交给英国当局。”

“恭候！谢谢！”艾尔通软硬不吃。

爵士这么样地兴师动众，原本打算从艾尔通那里问出一点什么，可是，他彻底失败了。这个油盐不进的家伙，任爵士采用什么方法，都难从他的嘴里得到一点儿消息。万般无奈，爵士只好作罢，心中开始打算，还是先回欧洲再说。只是他怎么想也不明白，大家辛辛苦苦绕着地球跑了这么一大圈，怎么连不列颠尼亚号的一点影子也看不到？难不成不列颠尼亚号从人间蒸发了？为什么连一点儿线索也找不到呢？苦苦思索了半天，没有一点结果，爵士摇摇头，暂时把这件事放到一边去了。

既然从艾尔通的嘴里问不出什么东西来，寻访格兰特船长的线索又断了，37° 线上再也没有其他陆地可搜寻的，再待在这里已经没有什么意义了。所以，爵士开始和大家商量返回欧洲的事。最后大家达成一致意见，决定先沿着37° 线开往塔尔卡瓦诺湾，在那儿补充完燃料后返回欧洲。

于是，邓肯号掉转船头，向着塔尔卡瓦诺湾方向开去。

想着大家一场辛苦就这么无功而返，每个人都怏怏地，打不起一点儿精神。船上弥漫着一种难以言表的沮丧气氛。但凡谁，只要提起艾尔通，大家就都愤慨不已。全船的人就他知道不列颠尼亚号的情况，可这个浑蛋就是王八吃秤砣，死不开口，大家拿他也没有办法。不过只要提起他，大家一个个都恨得牙根儿直痒痒，恨不得把他活剥了，看看他的心里到底藏了些什么。

> 用“王八吃秤砣”说明艾尔通的顽固不化，形象、贴切。【用词准确】

格利纳帆又多次找到艾尔通，试探着从他嘴里套出一点口风儿，可艾尔通怎么都不肯吐露哪怕半点儿关于格兰特船长和不列颠尼亚号的情况，以至于连少校和巴加内尔都认为，艾尔通真的可能什么也不知道。可是，如果他真的什么也不知道，为什么他不直说呢？难道他还有什么难言之隐不成？格兰特船长是否也和艾尔通一样在澳洲呢？

海伦夫人看到爵士为艾尔通的事愁眉不展，心里也很着急。一是出于体贴自己丈夫的目的，二则作为寻访格兰特船长行动的发起人，她也想知道格兰特目前到底是什么情况，还有一条就是她不忍心看到玛丽小姐整天愁容满面，动不动就泪眼婆娑，同情、怜悯之心让她也坐不安席，卧不安枕。于是，她主动要求爵士，她要和艾尔通谈谈。玛丽小姐表示也愿意一同去。

舱房里，海伦夫人和玛丽小姐与艾尔通面对面谈了近三个小时，海伦夫人苦口婆心，玛丽小姐极力配合，直说得二人口干舌燥。但是，艾尔通还是不为所动。

海伦夫人还是不甘心，第二天，她又独自一个人来到艾尔通的房间，又是一番掰开了揉碎了地开导、劝解，最后，她终于面带笑容地走出了舱门。

正在隔壁舱房里等待消息的格利纳帆爵士立刻迎上去，眼睛里充满了期待。

想不到！想不到海伦夫人真的把艾尔通说动了！听海伦夫人讲，艾尔通承诺只要爵士减轻对他的惩罚，他愿意和爵士当面谈谈。

以后的事情自然顺理成章了。爵士开始和艾尔通进行谈判。

“你想跟我说话，对吗？”爵士问。

“是的，爵士。”

“跟我一个人说吗？”

“是的，不过，我想，如果少校和巴加内尔先生都在场的话，也许更好点。”

于是少校和巴加内尔作为证人参与整个谈判过程。不久，双方达成共同协议。如果爵士不把艾尔通交给英国当局，放他一条生路，哪怕把他放逐到太平洋的某个荒岛上让他自生自灭，他愿意把他所知道的有关格兰特船长和不列颠尼亚号的情况全都一丝不落地讲给爵士听。

“爵士和两位先生听着，我请诸位要衷心地相信这个事实：就是说，我把一切都摊在桌面上来谈。我一点也不想欺骗你们，并且在这次谈判中我要向你们提供一个新的证据来证明我的诚实。说得这样坦白，因为我自己也需要你们表示真诚。”

“你就说吧，艾尔通。”爵士回答。

“爵士，我还没有得到您一句话来表示同意我的建议呢，然而，我还可以毫不迟疑地预先告诉您，关于哈利·格兰特，我知道的事实并不多。是的，爵士，我可以提供给您的一些细节是关于我自己方面的，都是关于我本身的情形，对于您寻找线索帮不了大忙的。”

一丝失望掠过爵士和少校的脸庞。二人原以为艾尔通隐藏着大家需要的重大秘密，可他现在却预先承认他提供给大家的材料将对整个寻访活动于事无补，这不禁让二人有些泄气，而我们的地理学家却始终不动声色。艾尔通的话尽管没有人保证其真实性，可不管怎么说，他的这种诚实、坦白的态度已经有点儿赢得大家的信任了。尤其是他又对此次谈判作了如下预先总结：“因此，我预先说明了，爵士，我们这次谈判的交换条件，对您有利的较少，对我有利的较多。”

“不管怎样，我接受你的建议，艾尔通。我答应把你放逐到太平洋的一个荒岛上去。”

“好，爵士！咱们一言为定！”

“我们也不准备再提什么问题了。把你知道的所有东西统统告诉我们好了，艾尔通，先说说你自己，你到底是个什么样的人？”

“各位先生，我确实是汤姆·艾尔通，不列颠尼亚号的水手长。1861年3月12日，我乘哈利·格兰特的船离开格拉斯哥港。我们一同在太平洋上漂了十四个月，想找个有利的地点建立一个苏格兰移民区。哈利·格兰特是个干大事业的人，但是我们俩之间常会发生激烈的争吵。他的性格和我是针尖对麦芒。格兰特是个脾气非常固执的人，一旦决定下来做什么事，那是九牛二虎之力都别想拉回头来的。说得夸张一点儿，那就是一个钢铁人。对自己是钢铁碍不着我什么事，可他对别人也是钢铁，这让我实在受不了！我想让船员们和我一起叛变，夺取那只船。你们也不用评判我该不该这么做，我对也好，错也好，都无所谓！问题是，哈利·格兰特毫不迟疑，1862年4月8日，就在大洋洲西海岸的时候，他把我赶下船了。”

“针尖对麦芒”说明两个人做事经常对立，“九牛二虎之力”指用很大力气。运用俗语，使得小说语言更具生活气息。【用词准确】

“大洋洲吗？”少校打断了艾尔通的话头，“那么说你在不列颠尼亚号到卡亚俄停泊之前就离开船了？它到了卡亚俄以后还没有消失？”

“是的，因为我在船上的时候，不列颠尼亚号没有在卡亚俄停泊过。我在奥摩尔农庄里谈到卡亚俄是因为你们先告诉了我它在卡亚俄停泊的事实。”

“这样说来，你在大洋洲西海岸被赶下船，确实是在1862年4月8日了？”少校继续盘问。

“那是绝对的！”艾尔通回答。

“那时候哈利·格兰特对未来有什么打算？你了解多少？”

“这个我知道的不多。”

“那也说说，或许我们能从中悟到些什么。”

“我记得格兰特船长是想到新西兰去看看。他这个计划当我在船上的时候并没有施行。因此，不列颠尼亚号离开卡亚俄以后，是可能会跑到新西兰附近来侦察的。这与信件上说的失事日子——6月27日倒是合得上铆的。”

“不过，信件上的字迹可并没有一个像‘新西兰’的字样啊！”爵士表示怀疑。

“这个我就不知道了。”

“好了，艾尔通，你说得不错，我也要准备实践我的诺言。我们要去商量一下把你放到太平洋哪个岛屿上去的事。你回房间里去吧。”

艾尔通在两名水手的看守下退了出去。

·品读与欣赏·

奥斯丁接到了巴加内尔代笔的那封信来到了新西兰东海岸。不过这次巴加内尔的“粗心”却“粗”得太离奇，连他自己也不高兴人们用此事奚落他。最为神奇的是，送信人艾尔通抢劫邓肯号不成，反被奥斯丁扣押在了船上。经过海伦夫人屡次劝说，艾尔通终于改变了态度，和爵士达成了一项和平协议。巴加内尔提议走奥克兰路线的谜底于朦胧中渐次解开，可他总是神经质地护着自己的衣服，却又令人费解。谜团一个接着一个，故事之中套着故事，引人入胜。

·学习与借鉴·

1.动作描写：巴加内尔摔伤之后，在少校要为他脱衣服检查身体时，他“像触了电一样”，立刻护好自己的衣服，神态十分慌张，暗示了巴加内尔衣服的下面隐藏着重大秘密。

2.语言描写：爵士审问艾尔通，却遭到艾尔通的一连串反问，表现了艾尔通抱定鱼死网破决心后的嚣张气焰。

第二十一章　返航

在爵士与艾尔通谈判的过程中，少校还不时地插话，把自己心中的疑惑向艾尔通提出来，让那个流犯解释；可我们的地理学家，这个平时像个“话痨儿”一样的人，却在这次谈判中几乎是一言不发。他只是听着，不开口。

就在爵士和少校结束了与艾尔通谈判，为从中没有得到多少有价值的信息而失望时，少校情不自禁地为格兰特船长的命运感到迷茫，忽然冒出了一句：

“哈利·格兰特的命运到底怎么样了？”

爵士听后，深深地叹了一口气：

“恐怕是凶多吉少啊！可怜的是那两个孩子，谁能告诉他们，他们的父亲究竟在哪儿啊！”

“我能告诉你呀！”突然地，在两个人之外，传来了第三者的插言。

这一下，让两个谈话的人吓了一跳。直到这时他们才发现，原来是他们三个人在现场，那个一直保持沉默的地理学家居然也能开口讲话了！

“什么！你，你，哎，巴加内尔！你知道格兰特船长在哪儿？！”

“是的，就是艾尔通说的那个地方。”

“新西兰吗？”

“是的，一点儿没错。”巴加内尔十分肯定。然后他就说起了当初为爵士代笔写信的时候，刚好看到一份《澳大利亚暨新西兰报》，露出的半个单词“aland”给了他灵感，感觉格兰特船长所指的应该就是新西兰。

“既然你早有了新想法，为什么直到现在才告诉我们呢？”爵士疑惑地问。

“我担心万一有错，又让大家空欢喜一场。毕竟没什么确切的证据可以说明。”巴加内尔一脸诚恳地说，“我只是在刚才听艾尔通说话的过程中，才从他的嘴里得到了证实。我才敢肯定。”

接着他又给大家重新解读了那三封信的内容，其意大概是：

1862年6月27日，三桅船不列颠尼亚号，籍隶格拉斯哥港，沉没于风涛险恶的南半球上，靠近新西兰。两水手和船长格兰特到达于此岛，不幸在此变成为蛮荒绝地之人。兹特抛下此文于经及纬37° 11′处。请速予救援，否则必死于此。

大家听完巴加内尔的解释，觉得这次解释和前两次的解释，仿佛都是同样的正确，因此也就可能和前两次的是同样错误的。

但既然在37° 线上的巴塔戈尼亚和澳大利亚海岸都没有找到，新西兰的机会就相对较多了。巴加内尔特别强调这一点引起两个朋友的注意。

“好你个巴加内尔！居然把这个秘密一直隐瞒了两个月！现在可以告诉我们你的想法了吧！”

对一向有一说一的巴加内尔所玩的“深沉”，少校早有察觉，此时谜底解开，语言中喜怨参半。【语言描写】

“我没有说，一是因为不想给大家一个空欢喜，二是因为我们那时正要到奥克兰，而那里，正是信件上37° 所指的那一点呀。”

“但是，我们都到达奥克兰路线了，你怎么还不说啊？”

“那是因为，信件尽管解释得正确，也无助于格兰特船长的身家性命啊！”

“说清楚点！为什么！”

“因为，如果哈利·格兰特在新西兰沉船的假设成立了，而这两年来一直没有消息，就说明他不是死于沉船就是死于新西兰人手里了。”

巴加内尔整天抱着他的地图看个不停。经过一番沙里淘金式的搜寻之后，他发现37° 线上有个名叫玛丽亚泰勒萨的孤岛。它离美洲海岸是三千五百海里，离新西兰有一千五百海里。离得最近的陆地是在新西兰北面的法国殖民地——帕乌摩图群岛。在南边，一直到南极，都是浩瀚的大海。像这样的一个太平洋上的孤岛，相信除了海鸟可能会偶尔光顾一下外，是绝无可能有人类的足迹主动接近的。

当爵士告知将把被拘押的不列颠尼亚号水手长放到这座海岛上去的时候，艾尔通高高兴兴地接受了这一安排。

这一天下午两点钟，水手们终于可以从望远镜中看到玛丽亚泰勒萨岛了。它的海岸线很低，地域狭长，远远望去，像一条鲸鱼浮在水面上呼吸一般。

邓肯号飞速向前，离小岛越来越近。小岛的侧影露出了水平面，渐渐清楚了。此时，太阳正在西边天空慢慢坠落，把小岛高低起伏的侧影映照出来，几座不高的山峰疏疏落落地耸立着，倒插在太阳的光海里，形成了世界上一幅绝妙的剪影。

夕阳、小岛、光海，以“绝妙的剪影”作为比喻的对象，形象地写出了小岛风光的秀丽，也从侧面表现了人们愉悦的情绪。【环境描写】

五点钟的时候，门格尔仿佛看到了一股轻烟向天上飘去。

“那是不是一座火山呢？”

此时，巴加内尔手里正拿着望远镜观察小岛。

“谁知道呢，我对这个小岛的了解和你一样。然而，如果它的形成是海底凸起的结果，也就是说，如果它是海底火山喷起来的岛屿的话，有火山也不足为奇。”

晚上八点钟，玛丽亚泰勒萨岛只有三千米的距离，邓肯号慢慢地向它靠过去。九点钟的时候，一片相当强的红光，一团火在黑暗中亮起来。那团火一

深夜孤岛上燃起一团篝火，让人顿生疑窦，为下文解谜设局。【设置悬念】

动不动，并且是连续不断的。

“这就证明是火山了。”巴加内尔说，仔细地观察着。

“然而，火山喷射时总是带着巨大的响声，这座火山距离我们这样近，我们应该听得到响声才对，而且东风正从那边吹来，为什么一点声音也传不到我们的耳朵里呢？”门格尔提出了自己心中的疑惑。

“对呀，这火山只发光，不说话。而且，还似乎亮一亮又停一停，和间歇灯塔一般。”经门格尔提醒，巴加内尔也感觉出了哪里有点儿不对劲儿。

“灯塔？可是我们不是在有灯塔的海岸附近呀！”正说着，门格尔忽然惊呼起来，“快看！海滩上又有另外的火光出来了！还在晃动呢！”

门格尔说得一点儿也不错，海滩上确实是又出现另外一处火光，并且一时亮，一时灭。

“别是有人住在上面吧！”格利纳帆爵士自言自语地说。

“土人！肯定是土人！”巴加内尔回答。

“要是这样，我们可不能把艾尔通放在这个岛上了。”

“就是！这家伙坏得都不配给土人吃的！”少校也开了个难得的玩笑。

“看来我们得再重新找一个荒岛给那个流犯了。”格利纳帆爵士说。

“横向转头，等明天太阳出来的时候，我们看看岛上的情形再说。”门格尔吩咐掌舵的水手。

晚上十一点，门格尔船长和爵士、少校他们都回房休息去了。玛丽和罗伯特今晚却睡意全无。姐弟俩来到楼舱顶上，手扶栏杆，神色凄然地望着远处平静的海面。从离开玛考姆府登上邓肯号，到现在半年的时光过去了，他们随着爵士一起环游了大半个地球，受了多少苦，经历了多少危险，可到现在连自己父亲的一点儿影子也没看到。此时，他们亲爱的父亲在哪里？他老人家是否还活在人世？为什么寻觅了这么多地方，竟连一点儿踪迹也没有呢？难道就此放弃寻找了吗？没有父亲的日子，在姐弟俩看来是想都不敢想的。

细致地反映了姐弟俩对寻访无果的失望心情，表现了姐弟俩对父亲的担忧，对自己未来命运的担忧。【心理描写】

小罗伯特虽然只有十三岁，可是，经过这半年多来的磨砺，已经变得成熟多了。他已能猜到姐姐此时的心事。他把姐姐的手紧紧地攥在自己的手心，像个小大人一样安慰姐姐：

“还记得爸爸以前经常对我们说的那句话吗？‘勇气可以战胜一切。’姐姐，不要灰心，我们要像爸爸那样，做个勇敢的人。以后遇到什么困难，我可以保护你！”

“我的好弟弟！”玛丽激动地把弟弟搂在身边，眼泪扑簌簌地从脸颊上滚落下来。

过了一会儿，罗伯特从姐姐的怀里抽出身来。

“有件事我想告诉你，但是，请你不要生我的气。”

“你放心，说吧，我不会生气的。”

“保证？”

“保证！”

“我想去做水手……”

“什么！做水手？”姐姐紧张地握住弟弟的手，“那岂不是要离开姐姐吗？”

“是的，我要像父亲那样成为一名优秀的水手。门格尔船长曾经答应过我，要好好培养我。我要自己驾着船，走遍全世界，我一定会找到咱们的父亲！”

姐姐再次流泪了，这眼泪，为父亲，为弟弟，也为自己。

“姐姐，我不在你身边，你也不会孤单的。门格尔和我说过，海伦夫人很喜欢你，希望你能留在她的身边。我是个男子汉，我应该出去闯一闯天地。”

姐弟俩站在皎洁的月光下，不停地聊着，话题从开始的沉闷、抑郁，逐渐变得明亮、振奋了。他们沉浸在对未来的美好憧憬中。平静的海面轻轻泛着波浪，在月光的辉映下熠熠闪动，像有千万条银鱼在浩渺的海面上自由游弋。

皎洁的月光、平静的海面与姐弟俩逐渐开朗了的心胸合而为一，水乳交融。【环境描写】

就在姐弟俩不紧不慢地交谈着的时候，突然，他们同时感受到一种幻觉，好像有一种呼唤从远处隐隐传来。难道是做梦？他们屏住呼吸，竖起耳朵，朝着声音传来的方向仔细听着。

“救救我——救救我——”呼唤声透着一丝的苍凉。

“姐姐，你是不是——”罗伯特咽下了后半句话，因为他看到姐姐此刻也正在侧着耳朵仔细听着什么。

“是的，我听到了，和你一样。我们是在做梦吗？”玛丽激动得手足有些失措。

又是一声呼救声传到他们的耳朵里来了，这次那种幻觉太真切了，以至于两个人的心里同时迸发出了一样的呼声：“爸爸，是爸爸啊！”

玛丽被这突如其来的刺激惊得晕倒在罗伯特的怀里。

“救人啊，救人啊！”罗伯特大声地喊道，“救人啊，救我的姐姐，救我的父亲！”

值班的掌舵人和水手们都跑来了，他们扶起了玛丽小姐。接着，门格尔、海伦夫人和爵士也都被惊醒，纷纷跑到了姐弟俩的身边。

“我姐姐要死了！我父亲在那儿！”罗伯特叫着，一面指着前面的小岛，人们听了都感到莫名其妙。

“我父亲就在那边儿！我听到父亲的声音了！姐姐也和我一样，她也听到了！”小罗伯特一边哭，一边向大家诉说着。

这时，玛丽醒过来了，她刚一睁开眼，便如疯了一样，声嘶力竭地呼喊：“我的父亲啊！我的父亲在那儿啊！”

“刚一睁开眼”“声嘶力竭地呼喊”“爬”“探”等词，把玛丽听到父亲呼喊声后的激动做了淋漓尽致的描绘。【动作描写】

那可怜的少女往上一爬，爬上栏杆，把大半身子探出去，似乎要跳到海里去。

“爵士啊，夫人啊，”她双手拱着，用尽平生的力气在喊，“我说我父亲在那里呀！我向你们保证，我听到了他的声音，他在向我呼救，他就在那里啊！”众人强拉住狂喊不止的玛丽。很快，她又晕了过去。大家赶紧把她送回房间。可是罗伯特还是在不停地叫嚷着：

“爵士，请你相信我！我的父亲就在那儿，他在向我求救！”

在场的人只当是两个孩子因为思念父亲过度，产生了幻觉，根本不相信他们所说的话是真的。可姐弟俩同时产生幻觉，事情并不多见，细心的爵士觉得事有蹊跷，不禁拉着罗伯特的手问：

“孩子，你真的确定听到了父亲的声音？”

“千真万确！我向您保证！从波浪中传过来的。他在喊：‘救救我！救救我！’清晰得很，我和姐姐都听到了，不可能两个人都听错的。求求你，快把我的父亲救上来！”罗伯特的眼泪都要流出来了。

看着孩子急得快要发疯的样子，爵士心里很是不忍。他把值班的水手喊来问明情况，水手们否定的回答却让罗伯特也像他的姐姐一样，昏了过去。爵士命人把小罗伯特也抬到了床上。

“两个人同时产生幻觉？从科学的角度讲，这不可能！”巴加内尔自言自语。说完，他也对着海面俯下身子，侧耳细听。周围静得出奇，没有一点儿声音。他又大声喊了几声，也没有任何回音。

第二天，3月8日，清晨五点钟，天刚亮，船上的乘客们全都早早起来跑到甲板上来。他们希望借着天光早一点弄清楚对面的小岛上到底发生了什么，这人群中，自然要数姐弟俩心情最迫切。

所有的望远镜都贪婪地对着岛上的主要地点找来找去。邓肯号距离小岛只有一千米远，沿着小岛的周围慢慢行驶。人们的视力可以看清岸上哪怕是最细微的情况了。突然罗伯特大声喊道，说他看见岸上有三个人，边跑边挥动胳膊，其中一人好像还摇着旗子。

“贪婪地”副词贬义褒用，写出了人们急切想探明岛上所发生的事的心情。【反语修辞】

“是英国国旗！”门格尔把他的望远镜抓过来后也叫起来。

“一点也不错，是英国国旗！”巴加内尔也叫起来，立刻回头看着罗伯特。

“爵士啊！”罗伯特说，声音激动得发抖，“爵士，如果您不愿意让我游水游到对面岛上去，就请您放下一只小艇。爵士！我求您！让我第一个登陆！”

船上没有一个人回答。大家有点迷惑不解。这到底是怎么回事，怎么会有三个英国人在上面呢？大家几乎同时想到了昨夜罗伯特和玛丽所说的呼救声。看来，这两个孩子的感觉真是出人意料！只是，他们怎么就能断定那是他们的父亲？万一不是呢？他们的身体本来就很虚弱，根本经不起再一次的打击。但是，有什么办法能够阻止他们到对岸去呢？

“放小艇下去！”爵士下令。

不到一分钟，玛丽、罗伯特、爵士、门格尔，还有巴加内尔，都上到了小艇上。六名水手拼命地划着，转眼小岛已近在眼前。

“父亲！”玛丽一眼就认出了站在岸上的那个人，忍不住大声惊呼。

其他的人也都看到了。有个人站在两个人中间，有着高大而强壮的身材，温和又大胆的面容。那不是大家苦苦寻觅了大半年、不断地被两个孩子描述的格兰特船长，又是谁呢？

> 使用反问句式，突出强调了眼前站着的那个人就是大家苦苦寻觅的格兰特船长。【反问修辞】

格兰特船长听见了玛丽的呼唤，张开双臂，像给电击了一样，直挺挺地跪倒在了沙滩上，迎接他两个儿女的热情拥抱。看着这激动人心的场面，小艇上所有的人都流下了眼泪。

格兰特船长一登上游船的甲板，就哽咽着向海伦夫人、爵士以及其他人表示着深切的感激之情。船上的每个人都为他吃尽了苦头，费尽了心力。虽然他不善言辞，但他用朴实、真诚的表情深深地打动了大家。大家几个月来所受的千辛万苦一下子都被抛到了九霄云外去了。连一向冷峻的少校眼角也满含热泪，而我们的地理学家居然像个孩子一样，激动得放声大哭起来。

> “满含热泪”“放声大哭”分别写出了少校与地理学家不同的情感表达方式。【神态描写】

当大家的情绪稍微平静一点之后，谈话内容涉及到了艾尔通。格兰特船长证实了艾尔通所说的一切并没有撒谎，并且表示希望爵士的决定能让这个罪恶的家伙在这座小岛上彻底改过自新。

趁现在还没有把艾尔通放在这个岛上，格兰特船长赶紧领大家参观了这个他生活了两年多的“家”。

小岛不大，但由于以前过往的船只曾在这里放下过羊、猪等牲畜，又经过了格兰特船长和两个水手的劳动改造，小岛的面貌完全得到了改观，焕发出生机和活力。以前杂草丛生的荒岛，经过精耕细作，长出了茂盛的庄稼。

就在格兰特船长曾经的“家”，大家美美地享受了一顿丰盛的早餐。巴加内尔一边吃着，一边欣赏着小岛上美丽的风景，高兴得手舞足蹈。

把小岛用“人间天堂”来作比，突出了那里生活的惬意、舒适。【比喻修辞】

“简直就是人间天堂！生活在这里，简直就是一种享受！把艾尔通放在这个岛上，真是太便宜他了！”他不停地嚷嚷着。

“是不错，如果再大点儿，这儿完全可以建成一个苏格兰移民区！”格兰特船长说。

“啊，尊敬的船长，您还想着您那个伟大的计划呢！”

“我从来没有放弃过。爵士！我苏格兰的所有同胞们，所有受苦受难的人们，应该找到一片新的陆地，建立起属于自己的移民区，享受真正的独立和自由，过上在欧洲不曾过上的生活。”

接着，格兰特船长讲述了他与两个水手在遭遇风暴，船沉后漂流到这座孤岛的前后经历，一直讲到了昨天夜里：

“我在这荒岛上一直等啊等啊，一直到昨天，我爬上岛的最高峰，突然在西南方向看到一缕轻烟，并且渐渐大起来。不一会儿，便看见一只船朝小岛驶来，我不禁惊喜万分。我立即招呼另外两个水手连忙在另一座山峰上点起火，以吸引船上人的注意。可是，好长时间过去了，船没有作出任何回应。

“夜幕降临，我感觉不能再等了，就没有再迟疑，扑通一声跳下海向游船游过去。可是在我渐渐接近游船，相距不到三十米的时候，船掉转头，没再朝着小岛驶过来。于是，我发出求救的呼声，那呼喊恰好就被我的两个孩子听到了，这不是他们的幻觉，是我实实在在绝望的、凄惨的求救声。

“眼看得不到游船的救助了，我沮丧地回到了小岛。这一夜是我有生以来最难熬的一夜，我以为我会一辈子留在这儿了！幸好天亮后，你们又回来了，而且我看见你们放下了小艇，那时候，我知道，我们得救了！”

两个孩子听着父亲的叙述，无法抑制自己内心的激动，和父亲紧紧地拥抱在一起。

然后，爵士告诉了格兰特船长关于漂流瓶的事，这时，格兰特船长才知道了他的这次幸运获救，最初的原因全都是归功于那个瓶子。他告诉大家，那只

重提漂流瓶，首尾呼应，突出了漂流瓶在整篇作品中的作用。【前后照应】

瓶子，是他在不列颠尼亚号失事的八天后，投到海里去的。

“船长，您能不能告诉我们您在瓶子里都写了些什么？还记得吗？”巴加内尔急切地想知道信件上最准确的信息。这一问题已经在他的脑子里转悠了好半天了。

“准确地记得啊，我没有一天不想到它，那是我们唯一的希望啊！”

“那几句话是什么，船长？请您说说看，因为我们猜来猜去都猜不到，实在太不服气了。”爵士也问。

“我马上来满足各位的要求，”格兰特船长回答，“但是你们知道，为了增加求得援救的机会，我在瓶子里装了三封信件，是用三种文字写成的。诸位要知道哪一封信件呢？”

“三封信件难道不是一样的吗？”巴加内尔叫起来。

“是一样的啊，只有一个地名不同。”

“那么，好吧，请读一读法文信件，那封法文信件保存得最好，我们每次解释都拿它当基础。”爵士说。

“那封信件是这样写的：1862年6月27日，三桅船不列颠尼亚号，籍隶格拉斯哥港，沉没在离巴塔戈尼亚八百千米的南半球海面。因急求上陆，两水手和船长格兰特爬到了达波岛上。”

巴加内尔嗯了一声。

“不幸，”船长接着说，“我们因脱离人群变成为蛮荒绝地之人。兹特抛下此文于153° 经线、37° 11′ 纬线处。务乞速予救援，否则必死于此！”

巴加内尔听到“达波岛”这个名字时就突然站起来，“怎么是达波岛啊？不是玛丽亚泰勒萨岛吗？”

“是啊，巴加内尔先生！英国的地图上都写着玛丽亚泰勒萨岛，但是法国地图上却写着达波岛啊！”

这时，忽然，狠狠的一拳打到了巴加内尔的肩膀上，打得他背往下一弯。原来是少校敬了他这一下。他一反平时的严肃，笑着调侃说：“好一个地理学家啊！”

少校的一声“好一个”对巴加内尔地理学家的头衔是一份善意的揶揄，体现出少校与巴加内尔二人之间的浓厚友谊。【语言描写】

可是，巴加内尔对少校打来的一拳似乎根本就没有感觉到。他在地理学上受到的打击正使他的头抬不起来呢，那一拳又算得了什么！

对于那信件上的内容，其实他早已经都快猜到原文了！巴塔戈尼亚、澳大利亚、新西兰，这些名字先后一个一个地站到他的脑子里来，都仿佛是正确无误的。其他字都差不多找到原义了，就剩下了“abor”这一个词，把他弄得糊里糊涂。他把它解释为“到达”，而实际上却是法文地名“达波岛”，正是不列颠尼亚号受难后逃难的地方啊！这个错误实在是在所难免的，因为邓肯号上的地图都是英文的“玛丽亚泰勒萨岛”。

“可是，即便如此，”巴加内尔用手抓着自己的头发叫道，“我也不应该忘记这个小岛有两个名字啊。犯这样低级的错误，真不配当什么地理学会的秘书！”

“但是，巴加内尔先生，您也不必这么难过啊！”海伦夫人说。

“是我太粗心，我从来没有真正改正过。我简直成了一头蠢驴了！”

以“蠢驴”来称呼自己，表现了巴加内尔对自己的粗心毛病的深恶痛绝。【比喻修辞】

“而且，还比不上一只玩杂技的驴子呢！”少校又帮着他骂了一句，作为对他的安慰。

吃完饭，大家就要回到邓肯号上去了，格兰特船长把小屋又收拾了一下，什么东西也没带，他要把善良的人们创造的东西留给那个恶人来享用。

回到船上，艾尔通被叫到格兰特船长的面前。

“艾尔通，先前我把你赶到有人住的陆地上去，似乎是害了你。”

“似乎是的，船长。”

“你要去替我看守这个没人住的小岛了，愿老天叫你忏悔吧！”

“但愿如此！”

“上帝保佑你！”

小艇早就准备好了。艾尔通下了船。门格尔事先就已经派人送去了几箱干粮、一些工具、一些武器和若干弹药到岛上去了。艾尔通完全可以用自己的劳动改造自己，他什么也不缺乏，连书籍都有。

分别的时候到了，全体船员和乘客都站到甲板上来，大家的心里都很难过。看着即将离去的艾尔通，大家心里真是有点不忍，尤其是海伦夫人和玛丽。

“咱们一定要把他独自一个人扔到这个荒岛上吗？”海伦夫人问爵士。

“必须这样，我们不能心软，海伦，这样他才能悔过自新！”

小艇在门格尔的指挥下离开了大船。艾尔通摘下帽子，表情庄重地向邓肯号上所有的人行了个礼。爵士和其他的人也都跟着脱下帽子给艾尔通送行。小艇在一片沉默中划走了，渐渐靠近小岛。到了岸边，艾尔通毫不迟疑地一纵身跳上岸。小艇随即返回邓肯号。

此时是下午四点钟光景，乘客们在楼舱顶上还可以望见艾尔通习惯性地双臂抱着放在胸前的身影。

“我们走吗，爵士？”门格尔问。

“走吧，约翰。”爵士说话的声音很低，似乎在尽力压抑着什么，掩盖着什么。

“开船！”门格尔传达了爵士的命令。立刻蒸汽吞吐，鸣声骤起，螺旋桨搅动着波浪，催动着邓肯号缓缓地向着大海开去了。晚上八点钟，达波岛彻底从人们的视线中消失了。

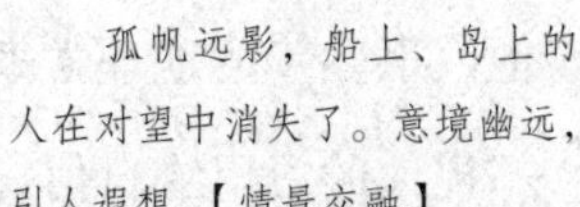

孤帆远影，船上、岛上的人在对望中消失了。意境幽远，引人遐想。【情景交融】

1865年5月9日，下午两点，邓肯号上的乘客，在环绕地球南纬37° 线整整一周后，终于又回到了他们的起始点——玛考姆府。他们穿越智利、潘帕斯大草原、阿根廷共和国，经过大西洋、印度洋、阿姆斯特丹群岛、澳大利亚、达波岛、太平洋，完成了人类历史上一次伟大的旅行。

要说到回到家乡后的趣事，玛丽和门格尔喜结连理；罗伯特实现了自己的愿望，当上了水手；格兰特船长回国后成了全苏格兰的英雄。最好玩的是我们的巴加内尔因为干成了寻访格兰特船长这一件大事，所以在地理协会名声大振。麦克那布斯少校把自己的妹子介绍给了这位地理学家，巴加内尔很是高兴。可在谈及婚嫁问题时，巴加内尔躲躲闪闪的态度暴露了他身上一个最大的秘密，那就是他在被毛利人掳走的那三天时间里，在土人家里被人刺了一身的纹身。那纹身从脚跟直刺到肩膀，他胸前刺了一只大鸟，鸟嘴的位置正好在他的心脏边上。而这成了巴加内尔在那次伟大的旅行中留下的一生都难以启齿的一桩糗事。所以，每当他在得意忘形地开怀大笑的时候，总忘不掉顺手掩一掩不整的衣服。他的这一新的习惯让与他共事多年的地理学家们都备感纳闷。他也总是遮遮掩掩，绝口不提他的习惯缘自何处。不过，自从消息传到奥比内太太的耳朵里之后，大城小巷的人都知道了，只剩下巴加内尔先生在做着无谓的努力了。

解释了前面巴加内尔受伤时不让少校给他脱衣服检查的原因。【前后照应】

·品读与欣赏·

准备用来安置艾尔通的玛丽亚泰勒萨岛上出现了火光，一行人担心土人会对艾尔通不利，准备另行选址。玛丽姐弟类似迷幻式的听闻让游轮开始重新关注起小岛上的动静。格兰特船长获救了！一场由漂流瓶引起的寻访、救援环球大行动终于告一段落。故事在人们会心的微笑中圆满结束，幸福、快乐的人们开始了新的生活。

·学习与借鉴·

1. 情景交融：经过艰难困苦和生命危险的考验，姐弟俩逐渐变得成熟。皎洁的月光、平静的海面与姐弟俩逐渐开朗了的心胸合而为一，人物的心境与周围环境水乳交融。

2. 照应开头：小说以漂流瓶开头，开始了环球的寻访活动，瓶中的三封信件构成连缀所有故事的线索，小说最后重提漂流瓶，首尾呼应，突出了漂流瓶在整篇作品中的作用。

名著知识要点

作者及年代	儒勒·凡尔纳，法国19世纪著名的科幻小说和冒险小说作家，科幻小说的开创者之一。主要作品有《气球上的五星期》《地心游记》《神秘岛》《漂逝的半岛》《八十天环游地球》等二十多部长篇科幻历险小说，先后被译成五十多种文字，是世界上被翻译作品最多的十大名家之一。
地位与影响	《格兰特船长的儿女》一书幻想大胆、知识丰富、涉及面广，堪称“19世纪自然科学的大百科全书”。作者被誉为“科幻小说之父”，其作品反映了资本主义上升、科学技术大发展时期，整个社会的积极、乐观、向上的风气。
作家作品评价	1863年起，凡尔纳开始发表科幻冒险小说，总名称为《在已知和未知的世界中奇异地漫游》。代表作为海洋三部曲:《格兰特船长的儿女》《海底两万里》《神秘岛》。凡尔纳是一个非常优秀的科幻冒险通俗小说作家，从平淡的文学中传达出人类共有的热情。但凡尔纳的小说中除了少数几个人物外，大都呈现类型化，都是脸谱化的简单的好人坏人，缺少立体感强的形象。

续表

人物形象	格利纳帆爵士夫妇：是小说人道主义精神的主要体现者。从发现漂流瓶开始，夫妻俩便不约而同地选择了为拯救格兰特船长而做漫长的航海旅行。这期间，他们还不顾自身安危，始终都把格兰特姐弟当成自己的孩子细心呵护。在他们身上，体现了人文主义者高尚的道德情怀与勇敢无畏的正义精神。 少校：做事冷静，不苟言笑，为人机警，善于洞幽察微。玛丽小姐：情义深笃，坚忍不拔。罗伯特：活泼、勇敢，而且有一颗感恩的心。格兰特船长：意志坚强，为了心中的理想执著奋斗，九死未悔。
内容概要	格利纳帆爵士和他新婚不久的妻子海伦夫人乘坐邓肯号游轮做首次试航。水手们从捕获的一头鲨鱼的肚子里发现一只漂流瓶，里面是已经被腐蚀的三封求救信。他们把此事报知海军部，希望由政府出面拯救失事的不列颠尼亚号以及格兰特船长。求助无果后，出于道义上的考虑，他们决定靠着自己的力量开始寻访之旅。于是，一支由爵士夫妇、格兰特姐弟、门格尔船长、少校以及船上其他水手组成的寻访队伍，加上因粗心误登邓肯号的地理学家巴加内尔在内，出征了。一路上他们登高山、爬冰川、过沼泽，遭遇地震、洪水和野兽，不仅受到过土匪的跟踪与迫害，还在新西兰被土人俘获而陷入绝境。当他们最终克服了重重困难，从荒岛上营救出格兰特船长的时候，所有的艰难困苦都被抛到了九霄云外。
文章主旨	通过爵士一行人为拯救格兰特船长而做的环球旅行行为，展现了人文主义者崇高的道德情怀与勇敢无畏的精神风貌。他们为了追寻自己心目中的正义，甘冒风霜雪雨和生命危险，历经千辛万苦而不后悔、不退缩。在资本主义竭力追求物质利益最大化的社会环境下，歌颂了人性中的善良、亲情、友谊、勇敢，成为激励年青的一代崇尚科学、规范道德价值取向的精神力量。

续表

主要艺术特色	波澜起伏的情节。 非凡的想象力，浪漫而又符合科学的幻想。 清新流畅、生动幽默的文笔。 蕴涵丰富的科学知识。
精彩片段	“地震来袭”“逃离囚室”“人造火山爆发”“新西兰海战”。
经典语句	1.“危险！谁说有‘危险’？”巴加内尔叫了起来。“不是我！”罗伯特回答，眼睛瞪得圆溜溜的，眼光显得十分坚决。 2.巴加内尔和罗伯特——两个都是孩子，不过一大一小，他俩把头一套进智利大斗篷，脚一插进那长皮靴，都感到乐不可支。 3.“有希望！有希望！永远是有希望！”海伦夫人不断地鼓励她身边的那位少女。 4.“这简直就是我们的军械库，我们可以拿来派上好用场。他们想得真是太周到了！”巴加内尔风趣地说。

阅读自我测试

一、填空题。

1.《格兰特船长的儿女》的作者是19世纪______国科幻冒险小说家________，其代表作是三部曲：__________、____________和___________。

2. 拯救格兰特船长行动的发起人是 ________和__________。中途因为粗心而误加入寻访队伍的是________________。

二、选择题。

1. 把罗伯特从兀鹰爪下救出来的是（　　）

A. 啃骨魔　　　　B. 麦克那布斯

C. 格利纳帆　　　D.塔卡夫

2. 最早发现艾尔通就是匪首彭·觉斯的是（　　）

A. 巴加内尔　　　B. 门格尔

C. 麦克那布斯　　D. 罗伯特

3. 逮捕爵士一行的土人是（　　）

A. 巴塔戈尼亚人　　B.毛利人

C. 南美印第安人　　　D. 锡兰人

三、说出下列句子的修辞手法。

1. 此人四十岁左右，身材高大，又干又瘦，像根竹竿儿。（　　）

2. 旭日用她柔和的光辉唤醒了蒙加那木山顶洞穴中那些酣睡的人们。（　　）

3. 他看到某一条河在地图上没有标出来，就十分生气，头上几乎冒出火来。（　　）

四、简答题。

请简要概括《格兰特船长的儿女》的艺术特色。

____

____

参考答案

一、

1．法；儒勒·凡尔纳；《格兰特船长的儿女》；《海底两万里》；《神秘岛》

2．格利纳帆爵士；海伦夫人；巴加内尔

二、

1. D　2. C　3. B

三、

1. 比喻　2. 拟人　3. 夸张

四、

（要点）波澜起伏的情节；非凡的想象力，浪漫而又符合科学的幻想；流畅清新、生动幽默的文笔；蕴涵丰富的科学知识。